그레이트 원

FUSION FANTASTIC STORY

천중화 장편 소설

그레이트 원 9

천중화 장편 소설

초판 1쇄 찍은 날 § 2014년 11월 26일
초판 1쇄 펴낸 날 § 2014년 12월 5일

지은이 § 천중화
펴낸이 § 서경석

편집부장 § 권태완
편집책임 § 박은정

펴낸곳 § 도서출판 청어람
등록번호 § 제387-1999-000006호
등록일자 § 1999. 5. 31
어람번호 § 제1-1992호

주소 § 경기도 부천시 원미구 부일로 483번길 40 서경B/D 3F (우) 420-822
전화 § 032-656-4452 팩스 § 032-656-4453
http://www.chungeoram.com
E-mail § chungeorambook@daum.net

ISBN 979-11-04-90006-8 04810
ISBN 979-11-5681-955-4 (세트)

그레이트 원

FUSION FANTASTIC STORY

천중화 장편 소설

9

청어람

CONTENTS

그레이트 원

1장

살인 게임

"뭐라구? 너 이 새끼 장난해!"

채나가 미국 내무부 산하에 있는 지질조사국(USGS) 세미리 국장으로부터 세계 제일 부자가 됐다는 인사를 받고 특유의 맹한 웃음을 길게 터뜨릴 때.

캘리포니아 세클라멘토 주립 교도소에서 복역 중인 검은 황소처럼 생긴 거대한 덩치의 흑인 중년 사내 라이온은 LA의 '그린필드' 라는 로펌에서 근무하는 변호사에게 마구 욕을 퍼 붓고 있었다.

"아무리 요즘 물가가 올랐어도 그렇지, 씨발 놈아! 어떻게

50을 달래?? 개새끼야!"

라이온의 목소리가 얼마나 큰지 헬스클럽을 개조해 만든 이 세클라멘토 교도소 A동 601호 감방이 흔들릴 정도였다.

"50이면 빵에서도 계집까지 끼고 니나노 하면서 탱자탱자 살 수 있어. 이 남창 새끼야!"

그동안 미국 교정당국에서는 방 하나에 죄수 두 명씩을 수감하는 2인 1실의 규칙을 철저히 지키고 있다고 자신 있게 발표해 왔다.

그 규칙이 깨진 지 아주 오래됐다는 것을 아는 사람은 다 알았고.

특히 하루에도 삼사백 명의 미결수와 기결수들이 들락거리는 이 세클라멘토 교도소에서 2인 1실의 규칙은 아주 먼 나라 얘기였다.

지금 라이온이 소리 지르고 있는 방만 해도 삼 층 침대가 열다섯 개.

무려 45명의 기결수가 수감돼 있었다.

수십 명의 죄수가 한 방에 갇혀 있으니 당연히 크고 작은 싸움이 잦을 수밖에 없었다.

그 결과 세클라멘트 교도소는 지옥에 있는 호텔이라는 별명을 얻었다.

"끊어! 씨발 놈아, 너랑 거래 안 해."

라이온이 신경질적으로 휴대폰을 끊었다.

얼마나 화가 났는지 가슴에 새겨진 거대한 버팔로 문신이 금방이라도 살아서 튀어나올 듯 씰룩댔다.

"이… 이 변호사 새끼 완전 약 빨았어!"

"크크크, 왜요? 꼬마들 가석방시켜 주는 대가로 50만 달러를 달래요?"

얼굴에 칼자국이 길게 그어져 있는 라이온의 오른팔인 스퀴트가 미소를 띠며 물었다.

"완전 또라이 새끼야. 무기도 아니고 이십 년짜리 두 놈을 가석방시키는 데 무슨 50을 달래? 미국에 변호사가 지밖에 없는 줄 아나? 씨발 놈!"

라이온이 스퀴트 말을 씹으며 다시 휴대폰 번호를 눌렀고 또 방금 전처럼 고래고래 소리를 지르기 시작했다.

휴대폰을 절대 휴대할 수 없는 감방 안에서 교도관이 보거나 말거나 휴대폰에 대고 목청껏 소리 지르는 흑인 중년 남자.

미친 버팔로라는 별명으로 불리는 이 흑인 남자는 세클라멘토 교도소에 있는 세 명의 황제 중 한 명이었다.

비좁은 감방 덕에 툭하면 수감자끼리 피비린내 나는 싸움이 터지자 교도소 당국자는 아예 인종별로 감방을 나눴다.

A동은 흑인, B동은 백인, C동은 히스패닉 이런 식이었다.

흑인들이 갇혀 있는 A동의 황제는 LA의 밤을 지배하는 '블랙피그'의 두목인 라이온이었다.

바로 그때, 이십 대 흑인 청년 두 명이 큼직한 가방을 들고 총총걸음으로 다가왔다.

역시 라이온이나 스쿼트처럼 전신에 흉측한 문신이 새겨져 있었다.

채나의 초등학교 동창인 포먼과 딕이었다.

"……!"

라이온이 재빨리 휴대폰을 끊으며 스쿼트를 돌아봤다.

스쿼트가 고개를 주억거렸다.

아주 간단하게 천정에 매달려 있는 CCTV가 하얀 수건으로 예쁘게 가려졌고.

거대한 덩치들이 라이온 주위를 에워싸며 인간 성벽을 만들었다.

순식간에 라이온이 앉아 있는 침대 주위가 조용한 회의실로 변했다.

"찾았나?"

일 분 전까지 감방이 떠나가라 외치던 목소리와는 정반대로 옆에 앉아 있는 스쿼트조차 귀를 기울이지 않으면 들을 수 없는 나지막한 음성으로 물었다.

"옛! 정확히 100이 왔습니다."

"여기… 확인해 보십시오, 두목!"

딕이 큼직한 가방을 조심스럽게 라이온 앞에 밀어 놓았다.

라이온이 비릿한 미소를 띠며 가방에서 돈 뭉치를 꺼내 세기 시작했다.

100달러짜리 지폐가 백 장씩 묶여진 1만 달러 뭉치였다.

정확히 백 개, 100만 달러였다.

"쿵쿵쿵! 이게 얼마 만에 맡아보는 돈 냄새냐? 으흐흐흐!"

라인온이 돈 뭉치를 든 채 냄새를 맡으며 입을 씰룩거렸다.

얼마나 열심히 표정 관리를 하는지 마치 5도 화상쯤 입은 환자처럼 얼굴이 기괴하게 변했다.

"샘플로 한 놈을 기름에 튀겨 줬더니 계약대로 정확하게 100이 왔구만. 훌륭한 거래처야. 믿을 만해!"

"축하드립니다, 두목! 간만에 초대박이 터졌군요."

"이게 모두 내가 주일마다 교도소 내에 있는 교회에 열심히 다닌 덕이다."

LA 시내 스테이크 전문점 퍼시픽에서 CIA 요원 죠우가 총에 맞고 펄펄 끓는 기름에 튀겨진 사건.

그 사건의 주범은 바로 라이온이었다.

'이 인간들을 죽지도 살지도 못하게 해.'

착수금으로 1만 달러.

수고비로 두당 100만.

무려 800만 달러짜리 일거리였다.

라이온은 착수금으로 받은 1만 달러에서 2천 달러를 투자해 남부 어디선가 굴러 들어온 양아치들에게 하청을 줬다.

일거리가 진짜인지 확인도 할 겸 겸사겸사!

"흐흐흐! 요새 장사 진짜 힘들어. 겨우 100만 8천 달러가 남았잖아?"

라이온이 피 냄새가 진득하게 배여 있는 끈적끈적한 웃음을 터뜨렸다.

"앞으로 남은 놈은 일곱! 합계 700만! 아쉽다, 아쉬워, 씨발! 두 마리쯤 더 잡아서 1,000을 채우면 딱 좋을 텐데."

"모든 돈벌이가 이렇게 쉬우면 얼마나 좋을까요? 두목!"

"난 거래처가 제시한 조건이 더 마음에 들어."

"죽지도 살지도 못하게! 딱 제 취향입니다."

"너무 너무 아름답잖아? 죽지도 살지도 못하게 하는 거. 머리통을 반쯤 부수면 되거든. 게다가 한 달에 한 놈씩! 프로 복싱 경기처럼 아주 규칙적으로 으흐흐흐!"

"거래처가 모양을 아는 아티스트 같습니다, 큭큭큭!"

라이온과 심복인 스쿼트가 돈 가방을 앞에 놓고 낄낄댈 때.

[오늘 오후 한 시쯤 워싱턴 D.C에서는……]

어디선가 뉴스를 전하는 아나운서 목소리가 들렸다.

"채널 돌려, 개시키야! 이 멋진 크리스마스 시즌에 재수없게 무슨 연쇄 추돌 사건을 떠들어? 채나 킴 소식이나 틀어 봐!"

"예엣— 두목."

라이온이 갑자기 기분이 나빠진 듯 고개를 돌리며 소리를 빽 질렀다.

기분이 나빠질 만했다.

내키지 않는 심부름값을 줘야 했기 때문이다.

턱! 턱!

라이온이 딕과 포먼에게 1만 달러 뭉치를 하나씩 던져줬다.

"돈 찾아오느라 수고했다. 만약 비밀이 새나가 계약이 취소라도 되면……."

"입을 연 놈이 700만 달러를 대신 토해 내야 돼."

"니들 몸값이 100달러쯤 되니까 차근차근 계산해 봐. 몇 놈이 뒈져야 되는지?"

"예! 두목."

"절대 입을 열지 않겠습니다.

라이온과 스쿼트가 농담이 아닌 진실을 얘기했다.

이들은 1,000달러만 줘도 얼씨구나 하고 살인청부를 받는 미치광이 살인자들이었다.

장장 800만 달러짜리 일거리였다.

지옥에 가서 염라대왕 목을 따다 달라고 해도 들어줄 판이었다.

한데 비밀이 새나가 오더가 취소되면 이 청부 건을 알고 있는 인간을 모조리 도살할 것이다.

포먼과 딕은 어이가 없었다.

이 청부 건은 친구인 탐이 면회를 와서 슬쩍 찔러줬다.

포먼과 딕은 조직의 꼬마들이었기에 고민 끝에 두목인 라이온에게 털어놨다.

한데 거꾸로 라이온이 포먼과 딕에게 비밀을 지킬 것을 요구했으니…….

[사랑하는 친구, 너는 지금 어디에 있니? 나는 지금 도시의 어두운 골목길을 걸어간다.]

문득, 포먼과 딕이 A동 601호 감방에서 걸어 나오다 고개를 돌렸다.

채널이 바뀐 TV에서 채나 목소리가 들렸기 때문이다.

채나와 케인이 듀엣으로 부른 '디어 마이 프렌드' 영어 버전이었다.

포먼과 딕이 마주 보며 미소를 지었다.

채나 덕분에 잘하면 LA에서 열리는 채나 킴 콘서트에 갈 수 있을 것 같았다.

800만 달러짜리 청부 건을 넘기는 조건으로 라이온이 포먼과 딕을 한 달 내에 가석방시켜 주기로 약속했기 때문이다.

라이온이 씨팔씨팔 하면서 변호사들과 열심히 흥정하는 이유였다.

포먼과 딕에게 채나는 여자 산타였다.

한데 이 디어 마이 프렌드라는 노래는 포먼과 딕만이 듣고 있었던 것이 아니었다.

멀리 중앙아메리카 소국 엘살바도르에 살고 있는 채나의 중학교 동창인 로드리고 아마야도 이 노래를 듣고 있었다.

아마야는 열세 살 때 일급 살인죄를 범해 미국 LA에서 모국인 엘살바도르로 추방당했다.

모국에서 다시 살인을 저질러 무기형을 선고받고 엘살바도르의 수도인 산살바도르 근교에 있는 교도소에서 복역 중이었다.

밥은 먹고 지내냐, 멍청한 시키야?

동네에서 침 좀 뱉었으니까 굶지는 않겠지.

이런 식으로 만나게 되니까 기분 더럽다.

일단 친구라는 단어가 아직은 유효한 것 같기에 영치금 좀 넣었다.

거기서 놀면 뭐해, 임마!

알바나 해.

두당 백 개 주마.

얘들 죽지도 살지도 못하게 해.

니가 작업했다는 거 인증하고. 그럼 즉시 입금될 거야.

아주 지독한 악필이었다.

자세히 보지 않으면 영어인지 스페인어인지 프랑스어인지
헷갈렸다.

아마야는 헤드폰을 쓴 채 채나 노래를 들으며 교도소 운동
장을 걸어가면서 편지를 꺼내 다시 한 번 읽었다.

글씨가 보일지 의문이었다.

이마부터 시작해서 턱밑까지 기괴한 문신들로 꽉 차 있었
기 때문이다.

일주일 전쯤 면회를 온 할머니에게 전해 받은 편지였다.

얼마나 여러 번 읽었는지 종이에 손때가 잔뜩 묻어 있었고
주위가 헤져 있었다.

지금까지 천 번도 넘게 읽었으니 그럴 만도 했다.

처음에는 어떤 놈이 구라를 터는 줄 알았다.

결코 구라가 아니었다.

할머니가 내민 주름투성이 손 위에 놓인 1만 달러 뭉치가
그것을 증명했다.

그날 밤, 편지를 읽고 또 읽고 밤을 새워 읽었다.

백 번쯤 읽었을 때 1만 달러의 영치금과 편지를 보낸 주인공이 어렴풋이 떠올랐다.

자신이 알고 있는 짐승들 중에 사람이라고 부를 수 있는 유일한 친구였다.

LA에서 중학교를 다닐 때 좋아했던 친구.

다음 날 지체없이 미국의 워싱턴 D.C에 연락해 한 놈을 해치웠다.

반신반의했다.

딱 한 시간 뒤에 거짓말처럼 100만 달러가 입금됐다.

아마야가 태어나서 지금까지 만져 본 돈 중에 가장 큰돈이었다.

"백만 달러면, 키키키……."

쪽!

아마야가 괴이쩍은 웃음을 흘리며 낡은 편지에 키스를 했다.

곧 바로 잘근잘근 씹어 삼켰다.

시간을 두고 아주 정성스럽게 씹어서 삼켰다.

증거를 없애기 위해서였다.

아마야가 운동장을 가로질러 평행봉과 철봉들이 놓여 있는 제1구역으로 걸어갔다.

그곳은 'MS13' 이라는 미국에서조차 악명 높은 조직이 장악하고 있는 구역이었다.

아마야는 'MS13'의 중간 보스로 행동대장이었다.

놀랍게도, 평행봉 주위에서는 아마야와 마찬가지로 전신에 문신투성이어서 나이조차 분간이 안 되는 사내가 담배를 피우며 십여 명의 부하와 함께 술을 마시면서 잡담을 하고 있었다.

'MS13'의 두목 루터스였다.

불쑥!

아마야가 백 달러 뭉치, 1만 달러를 루터스에게 내밀었다.

"⋯⋯!"

루터스가 흠칫하며 피우던 담배를 땅바닥에 떨어뜨렸다.

히끅! 히끅!

술을 마시던 부하들 중 하나가 몹시 놀란 듯 연신 딸꾹질을 해댔다.

산살바도르 교도소에서 현금 1만 달러는 미국에서 100만 달러만큼이나 가치가 있었다.

"뭐, 뭐냐? 아마야! 이 돈을 내게 주는 거냐?"

"예! 보스."

루터스는 이 교도소의 황제였다.

그 파워가 세클라멘토 교도소의 흑인 황제 라이온은 게임 조차 안 됐다.

루터스가 마음만 먹는다면 이 교도소에 수감된 죄수들은 물론이고 교도관이나 교도소장까지 간단하게 없앨 수 있었다.

"원하는 걸 얘기해봐. 휴가가 필요하면 열흘쯤 나갔다 와도 좋다!"

루터스가 마치 엘살바도르의 법무부 장관처럼 말했다.

아마야가 씨익 웃었다.

"눈치 없이?! 사라지지 못해, 새끼들아?"

루터스가 신경질적으로 손을 저었다.

한순간, 평행봉 주위에는 아마야와 루터스만이 남아 있었다.

아마야가 100만 달러가 입금된 통장을 내밀었다.

빠르게 상황을 설명했다.

"……!"

루터스가 저편 허공을 바라보며 온몸을 부르르 떨었다.

"모, 모, 모두 몇 놈이냐? 이, 일이 끝나면 모두 얼마가 들어오는 거냐?"

"정확히 1,000만 달러입니다, 보스!"

루터스가 얼마나 흥분을 했는지 말을 더듬었고 아마야가 1,000만 달러짜리 살인청부를 확인시켰다.

"처처처만 달러라??? 처천만 달러?! 한 달에 한 놈씩… 차

근차근 최대한 잔인하게… 재밌다. 아주 즐거워!'

루터스가 누런 이빨을 보이며 머리를 마구 흔들었다.

"이리 와, 아마야!"

루터스가 아마야를 힘껏 끌어안았고.

"떼 아모, 아마야!"

쪽!

볼에 키스를 하며 스페인어로 사랑한다고 말했다.

내가 아니라 돈을 사랑하겠지.

나도 늙은이보다 돈을 사랑해.

1,000만 달러면 내 모가지를 달라고 해도 준다. 키키키!

그 엄청난 돈을 늙은이한테 줄 것 같아?

그것도 내 친구가 준 귀중한 돈을 이 빙신 같은 늙은이야.

"아디오스 아미고—"

아마야가 의미를 알 수 없는 말을 읊조리며 스페인어로 작별 인사를 했다.

잘 가, 친구여 라는 뜻이었다.

＊　　　＊　　　＊

"일동 기립!"

자정이 조금 지난 시간이었다.

무려 영하 25도가 넘은 지독하게 추운 밤이었다.

노크 따위는 없었다.

중국 길림성 북부에 있는 동북 제11여자교도소 왕일연 행정과장이 초지민 교도소장과 함께 십여 명의 남녀 경찰의 경호를 받으며 북동 2호 감방으로 들어섰다.

…무슨 일이지?

막 취침을 하려고 칙칙한 나무 침상에 몸을 뉘었던 삼십여 명의 여자 죄수가 화들짝 놀라며 반사적으로 몸을 일으켰다.

지금까지 이 북동 2호 감방에 교도소장과 행정과장이 같이 온 적은 한 번도 없었다.

더욱이 이런 심야에 두 사람이 동시에 행차했다는 것은 이 교도소에 갇힌 죄수들이 교도관을 살해하고 탈출을 했다든지 밖에서 전쟁이 터졌을 때나 일어날 수 있는 일이었다.

"수인번호 15628호! 앞으로!"

"옛! 15628호 앞으로!"

왕일연 행정과장이 우리나라 군대의 내무반에서 점호를 취하는 당직사관처럼 외치자 늘씬한 삼십 대 여자 죄수가 재빨리 달려가 부동자세를 취했다.

"그동안 고생 많으셨습니다, 곽순희 중교!"

초지민 교도소장이 미소를 지으며 손을 내밀었다.

쾅쾅!

수인번호 15628호, 곽순희 중교는 누군가 거대한 쇠망치로 자신의 머리를 마구 때리는 느낌이었다.

어제까지만 해도 동북 살목사로 불리던 초지민 교도소장이 웃으면서 악수를 청해 왔기 때문이다.

그것도 군대시절 계급까지 부르며 말을 높여서!

"수인번호 15628호, 성명 곽순희. 2002년 12월 20일 새벽 영시를 기해 상기 자의 죄를 사면한다. 중화인민공화국 주석 요요림. 수인번호 15628호, 성명 곽순희. 2002년 12월 20일 새벽 영시를 기해 형 집행정지를 명한다. 중화인민공화국 최고인민재판원장 호유경. 상기 자를 2002년 12월 20일 새벽 영시를 기해 석방한다. 중화인민공화국 공안부장 설인국. 상기 자를 2002년 12월 20일 새벽 영시를 기해 당원으로서의 모든 권리를 복원시킨다. 중화인민공화국 공산당 총서기 요요림. 2004년 1월 1일 새벽 영시를 기해 중국인민해방군 육군 중교로 복무할 것을 명한다……."

왕일연 행정과정이 사회주의국가답게 무려 십여 분에 걸쳐 명령서를 읽어 내려갔다.

곽순희 인민해방군 육군 중교를 현재 시간부로 사면복권하고 석방한다는 내용이었다.

"……!"

곽 중교가 고개를 폭 숙였다.

흐르는 눈물을 감추기 위해서였다.

조선족 출신으로 심양군구 공강군 소속이었던 곽 중교는 우수리 강에 작전 차 나갔다가 러시아군과 싸움이 붙어 20여 명의 사상자가 발생하면서 군법회의에 회부되었다.

10년 형을 언도받고 복역 중이었고.

한데 수감생활을 한 지 2년이 채 안 된 오늘 사면령을 받았으니 감격에 겨울 만했다.

"축하드립니다, 곽 중교님!"

여자 경찰 한 명이 얼룩무늬 제복을 내밀었다.

곽 중교가 현역시절 입었던 군복이었다.

즉시 수인번호가 적힌 죄수복을 벗어 던지고 군복으로 갈아입었다.

남자 경찰이 지켜보든 말든 개의치 않았다.

단 일 분이라도 빨리 죄수복을 벗고 싶었기 때문이다.

중국의 군대는 국가의 군대가 아니라 중국 공산당 중앙군사위원회의 지휘를 받는 공산당 군대다.

해서 중국군이라는 말을 사용하지 않고 중국 인민해방군이라고 부른다.

현재, 중국공산당 중앙군사위원회 주석은 채나의 대사형인 요요림 상장이다.

육군 중교라는 계급은 우리나라로 치면 육군 중령쯤 되는 고급장교였고.

"나가시죠! 양정치 장군님께서 기다리고 계십니다."

"…양 장군님께서 오셨나요?"

"네에! 일단 가시죠."

초지민 교도소장이 곽 중교를 재촉하자 곽 중교의 표정이 묘하게 변했다.

양정치 장군은 곽 중교가 군에 있을 때 직속상관이었다.

같은 조선족 출신으로 두 사람은 내연 관계였다.

내연 관계가 대부분 그렇듯 꽤나 복잡한 사연이 얽혀 있었다.

"잠깐만요!"

곽 중교가 재빨리 침상 위로 올라갔다.

자신의 사물함에서 몇 벌의 스웨터와 대바늘이 꽂힌 반쯤 짜다 만 스웨터를 꺼내 중년 여자 죄수에게 건넸다.

"그동안 여러 가지로 감사했습니다. 면회 오겠다는 약속은 못하겠습니다."

"그, 그래! 곽 중교가 군으로 돌아간다니까 너무 기분 좋다. 꼭 장군이 돼!"

"진짜 멋져 15628호. 아니, 곽순희 중교님… 늘 행복해!"

"고맙습니다."

곽 중교가 군인 특유의 다나까식 말투로 인사를 하며 여자 죄수들과 포옹을 했다.

중국 교도소에 수감되는 모든 죄수는 예외 없이 노동을 해야 한다.

그 노동은 교도관의 엄격한 심사를 거쳐 감형이 결정된다.

곽 중교가 이 교도소에서 했던 노동은 스웨터 짜는 일이었다.

여자 죄수에게 건네준 것은 바로 십 분 전까지 죽기 살기로 짜던 스웨터였다.

이제 곽 중교는 더 이상 스웨터 짤 일이 없었다.

짝짝짝!

곽 중교가 북동2호 감방을 나설 때 기립해 있던 죄수들이 나직하게 박수를 쳤다.

척!

곽 중교가 군복을 입은 군인이었기에 거수경례로 답했다.

이 동북 제11여자교도소는 10년 이상의 장기형을 선고 받은 중죄수들을 수감하는 곳이었다.

감방 안에 있던 죄수들 중에 곽 중교의 형기가 가장 짧았다.

곽 중교가 출감하면 언제 또다시 만났을 수 있을지 기약이 없었다.

아니, 다시는 못 만난다고 해야 정확했다.

사면복권이 돼서 군으로 돌아가는 곽 중교가 이 지긋지긋한 동북교도소에 다시 올 이유가 없었다.

다시 오면 절대 안 되는 곳이었고!

감방 동기들과 짧은 이별을 끝낸 곽 중교가 초지민 소장을 따라 교도소 내에 있는 조용한 사무실로 들어섰다.

"오랜만이군, 곽 중교!"

초록색 군복에 양쪽 어깨에 누런 별을 하나씩 달고 있는 양정치 소장이 몸을 돌렸다.

눈매가 유난히 날카로운 군인이었다.

인민해방군 소장은 대한민국 군대의 별 둘, 소장과 비슷한 직위였다.

"네에! 장군님."

곽 중교가 씩씩하게 거수경례를 했다.

"사면복권 진심으로 축하하네. 그리고 미안했네. 좀 더 일찍 사면이 됐어야 했는데… 백방으로 손을 써봤지만 내 능력으로는 어쩔 수 없었네!"

"괜찮습니다. 모두 제 무능력 때문에 벌어졌던 사건이었으니까요."

"어쨌든 자네는 운이 좋았어. 요요림 사령원께서 주석 위에 오르신 덕분에 군인출신 수인들에게 제일 먼저 사면령이 떨어졌으니까."

"아아! 요 사령원께서 드디어 주석이 되셨군요?!"

"그렇다네! 앞으로 요 주석님의 영도 아래 우리 중국이 세계 최강의 국가가 되는 일만 남았지."

"그럼요, 그럼요! 요 사령원께서 천하제일인이 되셨는데……."

다시 곽 중교가 몸을 떨었다.

곽 중교는 초급장교 시절 잠깐 동안 요요림 주석의 호위장교로 복무했던 적이 있었다.

그 인연이 이번 사면복권에 있어서 결정적으로 작용했다.

곽 중교도 그 감을 잡았다.

턱!

양정치 장군이 큼직한 가방을 탁자 위에 내려놨다.

"자네는 정확히 2004년 1월 1일 심양군구 제8공강군 대대장으로 복무를 시작할 걸세."

"아, 예에!"

"그동안 알바 좀 뛰게. 머리도 식힐 겸 해외여행도 좀 다녀오고!"

"알바라면?"

"이건 경비로 쓰게. 1만 위안일세."

"마, 만 위안요?!"

다시 양정치 장군이 탁자 위에 중국 건국의 아버지라는 모

택동 주석의 초상화가 그려진 100위안짜리 백 장이 묶여져 있는 돈 뭉치를 던졌다.

중국 화폐 1위안과 우리나라 돈 150원이 맞교환이 될 때니 1만 위안이면 어느 정도 액수인지 대강 계산이 될 것이다.

"한 건당 100만 위안이라고 하더군. 자넨 졸지에 재벌이 됐네."

"……!"

곽순희 중교가 이제 확실하게 감을 잡았다.

살인 명령!

상부에서 사면복권을 시켜주는 대가로 특수전 전문가인 곽 중교에게 살인 명령을 내렸다. 물론 곽 중교의 생각이었다.

"자세한 내용은 그 가방 속에 모두 들어 있네. 다음에 또 보세."

양정치 장군이 몹시 바쁜 듯 지체없이 몸을 돌렸다.

"제가 이 일을 맡지 않으면 사면복권이 취소되나요? 장군님!"

곽 중교가 가장 궁금했던 사항을 생애 최대의 용기를 내서 물었다.

"천만에! 내가 방금 알바라고 하지 않았나? 내키지 않으면 안 해도 되네."

"……!"

"실은, 이 알바는 자네를 보살펴 주지 못한 내 나름의 사과일세."

"……?"

"친분이 있던 고위층께 사정해서 얻어온 일이지. 뭐 자네가 이 일을 맡아도 몇 건이나 처리할지 알 수 없네. 자네가 노리는 표적들이 이미 병원 중환자실이나 영안실에 있을지도 모르거든."

"풋! 그렇군요. 이 중국 대륙의 십억 명이 넘는 인간 중에는 1만 위안, 아니, 1,000위안만 줘도 청부를 맡을 인간사냥꾼들이 부지기수일 테니까요."

"이제 이해가 됐군. 아참! 자네 김채나라는 가수를 아나?"

"감방에 있을 때 제일 많이 밀반입되는 물품이 김채나 테이프하고 CD였습니다. 김채나 목소리를 들으면 세상의 모든 걱정과 분노가 사라지고 맘이 편안해진다니까요. 정녕 우리 조선 민족의 영웅입니다."

"조선 민족의 영웅이라? 뭐 김채나가 조선인이 분명하니까 틀린 얘기는 아니군!"

양정치 장군이 빙그레 웃었다.

이들은 조선족이었기에 한국인인 채나를 조선인이라 표현했다.

"가방 속에 김채나 스페셜 앨범 CD가 들어 있네. 그 CD를 들으면서 나를 향한 원망이 조금이나마 가셨으면 하네."

"감사합니다. 잘 듣겠습니다."

"알바 열심히 하게. 알다시피 지금 군대는 총이 아니라 돈이 먼저 아닌가?"

양정치 장군이 의미심장한 말을 남기며 도망치듯 실내를 빠져 나갔다.

"맞습니다. 제가 감방에 있으면서 수도 없이 결심한 것은 돈을 아주 많이 벌어야겠다는 것이었습니다. 감방에서 조차 돈이 모든 것을 결정했으니까요."

곽 중교가 돈 뭉치를 정성스럽게 가방에 담았고.

"알바를 해서 돈을 벌면 제일 먼저 당신 어깨에 달린 그 똥별을 떨궈 드리죠. 깔깔깔!"

섬뜩한 웃음을 흘리며 사무실을 나섰다.

*   *   *

곽순희 인민해방군 육군 중교가 막 동북 제11여자교도소 정문을 나설 때 시커먼 어둠 속에서 '검은 돌고래' 라는 별칭으로 불리는 러시아 연방의 교도소를 나서는 사람이 있었다.

카자흐스탄과 러시아 국경 근처의 깊은 산속에 자리 잡은

이 검은 돌고래 교도소는 무기수들만 수감하는 곳이었다.

당연히 이곳에 갇힌 죄수들은 죽기 전에는 이 교도소를 나올 수 없었다.

하지만 구소련의 정보기관인 KGB 출신으로 현재 모스크바에서 가장 유명한 마피아 조직의 중간보스인 잘생긴 이 금발의 사십 대 남자는 당당히 살아서 나왔다.

검은 돌고래라는 교도소가 문을 연 이래 최초로 출감하는 사람이었다.

그 위대한 이름은 '블라드미르 코르시키' 였다.

이 코르시키를 감옥에서 빼낸 사람은 러시아 화폐로 1천만 루블, 우리나라 돈으로 4억 원에서 5억 원쯤을 러시아 정부에 헌납했다.

이유는 코르시키가 미국인이라고 우겨도 믿을 만큼 영어에 능통했고 살인술과 고문술의 달인이었기 때문이다.

코르시키가 교도소 정문을 막 빠져나왔을 때 모피코트를 걸친 사내 하나가 다가왔다.

사내가 코르시키에게 보드카 병을 건넸다.

벌컥벌컥!

코르시키가 노 브레이크로 보드카 한 병을 원샷했다.

"하핫핫! 껄껄껄!"

곧바로 보드카를 건네준 사내와 함께 춤을 추기 시작했다.

마을에 귀한 손님이 왔을 때 춘다는 러시아 민속춤 스가니아였다.

따따따당!

동시에 오십여 명의 사내가 AK-47 소총을 쳐들고 허공을 향해 발사하기 시작했다.

코르시키의 출감을 축하하는 세레머니였다.

과연 러시아 마피아 조직원들다운 환영식이었다.

그럴 만도 했다.

코르시키는 작년에 모스크바 한복판에서 상대 조직원 열두 명에게 자동소총을 난사한 뒤 체포되어 무기형을 받고 교도소에 들어갔다.

한데 겨우 일 년 만에 석방됐으니…….

이 세상에서 돈이 안 통하는 곳은 없지만 가장 확실하게 통하는 곳이 바로 러시아 교도소였다.

KGB 출신에 러시아 마피아 조직원이라면 살아만 있다면 얼마든지 빼낼 수 있었다.

실제, 러시아에서 지금 벌어지는 일이었다.

"껄껄껄!"

코르시키가 호탕하게 웃으며 검은색 벤츠 승용차에 올라탔다.

"뭐야?"

"일단 살펴보시지요. 형님을 지옥에서 꺼내 준 바이어에게서 내려온 오더입니다."

"그래?"

코르시키에게 보드카를 건넸던 사내가 이번에는 코르시키에게 두툼한 봉투를 건넸다.

"오호호! 한 놈에 100씩이나? 아주 먹음직스럽구만."

"정말 군침 넘어가는 먹이입니다."

"재미있군. 이거 루불이지?"

"크크크! 미국에서 하는 일들이니 당연히 달러 아니겠습니까?"

"다, 달러? 그럼 두당 미화 100만 달러가 걸렸단 말야?!"

"다시는 구경조차 할 수 없는 초대형 건수입니다. 800만 달러짜리 비즈니스… 피휴!"

"오오친 하라쇼— 아주 좋아! 여기서 가장 가까운 공항으로 가자!"

코르시키가 주먹을 움켜쥐며 탄성을 질렀다.

부우우웅!

동시에 수십 대의 벤츠 승용차가 방향을 틀었다.

"아주 잘됐어. 오랜만에 미국 여행도 좀 하고 뉴욕 가서 교주도 만나보고 와야지!"

"채나 킴 콘서트 티켓이 벌써 매진됐다는데 가능하겠습니까?"

"울 교주가 콘서트를 여는데 내가 왜 티켓을 내고 가나? 게다가 교주가 모스크바에 왔을 때 내가 밥값으로 얼마나 쏜 줄 알아? 진짜 먹성은 노래 솜씨의 따따블이야. 미국 가서 반쯤은 받아 내야지!"

"큭큭큭!"

채나를 교주라고 부르는 이 사내 블라드미르 코르시키!

이 사내의 또 하나의 신분은 바로 유명한 러시아 사격선수라는 것이다.

한때 세계사격선수권대회에서 육관왕에 올랐던 엄청난 선수였다.

얼마 전에 약물 복용과 러시아 마피아와의 연관설 때문에 사격계에서 퇴출됐고 당연히 지구 최고의 총잡이인 채나와 친분이 있을 수밖에 없었다.

물론 채나는 약물을 복용해서 퇴출이 됐든 약을 빨아서 정신병자가 됐든 전혀 신경 쓰지 않았다.

그저 한번 친구면 영원한 친구였다.

그리고…….

"오랜만에 우리 교주를 뵙는데 잘 보여야지!"

코르시키가 룸미러를 보면서 살짝 머리를 매만졌다.

놀랍게도 룸미러에 비춰진 사람은 코르시키가 아니었다.

금발에 푸른 눈동자의 남자는 분명했지만 전혀 다른 사람이 차에 타고 있었다.

코르시키는 변장술의 귀재였다.

…….

한때 세계 사격계를 휩쓸었던 총과 변장술의 귀재가 금테 안경까지 걸치고 미국의 엘리트 변호사 같은 모습으로 미국 뉴욕 JFK 공항에 내리고 있었다.

그는 러시아에서 온 아주 잔인하기 짝이 없는 인간 사냥꾼이었다.

신기하게도 그는 딱 십 분 차이로 채나를 비껴갔다.

엘살바도르, 중국, 프랑스, 일본, 러시아 등지에서 인간사냥꾼들이 속속 미국으로 몰려들었다.

토탈 5,000만 달러가 걸린 살인 게임이 본격적으로 시작되고 있었다.

2장

결전의 날

누군가 민주주의의 대본영인 미국을 기회의 땅이라고 말했다.

그리 틀린 얘기는 아니었다.

미국만큼 개인이 갈고닦은 역량을 마음껏 발휘할 수 있는 나라도 드물기 때문이다.

하지만, 미국이 아닌 타국에서 의대를 졸업하고 의사 면허를 취득한 외국인 의사들에게 미국은 절대 기회의 땅이 아니었다.

오히려 박탈감을 강요하는 배척의 땅이었다.

미국 정부는 미국이 아닌 타국에서 취득한 의사 면허는 전혀 인정하지 않는다.

다른 나라에서 의사면허를 취득한 의사가 미국에서 개업의나 전공의가 되려면 다시 십 년에 가까운 시간 동안 공부를 하면서 시험을 보고 연수를 받아야만 했다.

오래전에 외국에서 전문의 면허를 취득한 베테랑이고 엄청난 실력을 보유한 의사라 해도 미국 의사 면허증을 손에 쥐려면 어쩔 수 없었다.

이미 한 번 치렀던 의사로서의 인증 절차를 재차 막대한 돈과 체력을 쏟아부어 거쳐야만 했다.

미국 정부에서 이토록 외국 의사들을 우습게 보는 것은 '클래스의 차이'였다.

미국 정부는 자국의 의료 수준이 질적인 면에서 세계 여타국가와 감히 비교조차 할 수 없을 정도로 월등하다고 자부한다.

당연히 후진국 의사가 선진국 미국 의사로 인정받으려면 재훈련을 통해 수준의 균형을 맞추어야 한다는 논리였다.

한국에서 국립 서울대학교 의과대학을 졸업하고 미국 볼티모어에 있는 존스 홉킨스 의대 부속 병원 산부인과장으로 근무하는 이경희 교수도 이 살인적인 과정을 거쳤다.

남자도 아닌 여자, 그것도 애까지 딸린 과부가.

이경희 교수가 미국 의사 라이선스를 획득하는 과정이 얼마나 힘들었을지 짐작이 될 것이다.

그나마 남편인 김영수 변호사가 미국에서 뉴욕 주 변호사 자격증을 취득해 국제변호사로 활동하면서 그린카드, 영주권을 지니고 있었기에 다른 외국인 의사들보다는 조금 쉬웠다.

이경희 교수가 자신도 모르게 눈시울을 붉혔다.

"김채나 씨! 당신이 세계 제일 부자입니다."

채나와 함께 미국 버지니아 주 레스턴 시에 있는 미국 내무부 산하의 지질조사국(USGS) 세미리 국장에게 이 말을 듣고 뉴욕으로 오던 이경희 교수의 뇌리 속으로 죽고 싶을 만큼 힘들었던 옛날 일들이 파노라마처럼 스치며 지나갔기 때문이다.

사실, 이경희 교수는 미국 의사가 되는 과정보다 어린 채나를 키우는 것이 더욱 힘들었다.

지금처럼 채나가 눈을 가늘게 뜨고 말없이 스노우를 쓰다듬고 있는 모습을 보노라면 가슴이 덜컥 내려앉았다.

존스 홉킨스 병원에서 산부인과 전문의 과정을 공부하며 정신없는 나날을 보내다가 천신만고 끝에 LA의 짱 할아버지 댁으로 달려가 채나를 만났을 때, 딱 지금 같은 자세를 취한 채나가 야릇한 표정으로 이경희 교수를 바라보며 다가오지 않았다.

엄마라고 부르지도 않았고.

그 많은 고통의 시간들을 채나 덕분에 견디어 왔는데 정작 채나는 이경희 교수를 보고 엄마라고 부르는 것을 꺼렸으니…….

너무 오랜만에 만나는 엄마였기에 어린 채나의 기억 속에서 엄마 이경희 교수가 잊혀져 가고 있었던 것이다.

그것이 서러워서 채나를 붙잡고 한참 동안이나 엉엉 울었고!

아직도 기억이 생생했다.

피식!

눈가를 훔치던 이경희 교수가 어떤 생각이 났는지 채나를 바라보며 쓴웃음을 흘렸다.

"왜?"

채나가 입술을 불쑥 내밀며 입을 열었다.

"엄마는 늘 세계에서 제일 부자는 어떻게 생겼을까 하고 궁금해했거든. 오늘 보니까 우리 딸처럼 생겼네. 호호호!"

"쳇! 그렇게 좋아할 일도 아니야."

"얘는? 하늘나라에서 짱 할아버님이 들으시면 섭섭해하시겠다."

"나도 짱 할아버지 덕분에 부자가 돼서 잠깐 좋았는데 생각해 보니까 아니더라고!"

"……?"

"이 스크루지 영감님이 1조 달러를 남겼을 때는 그 돈을 한 천 배쯤 불려서 3조 달러는 후손에게 남겨주고 900조 달러는 세상 사람들을 위해서 쓰라는 뜻이거든. 짜증나! 이 돈을 어떻게 벌라구?"

　"호호! 역시 짱 할아버님답게 깊은 뜻이 있으셨구나."

　이경희 교수가 재미있다는 듯 깔깔댔다.

　아니었다. 로키 산맥에 묻혀 있는 백금은 짱 할아버지, 장룡이 세상 사람들을 위해서 쓰라고 보낸 돈이 아니었다.

　채나에게 보낸 군자금이었다.

　장룡은 '재미과학자 김철수 박사 일가족 피살사건'을 조사하다가 미 중앙정보국 CIA가 개입이 됐다는 사실을 눈치챘고 사건을 해결하기 위해서는 천문학적인 돈이 들어갈 것으로 판단했기에 깨끗이 포기해야 했다.

　더 이상 선문의 대종사가 돈 때문에 굴욕을 당하지 않게 하기 위해 채나에게 엄청난 군자금을 보낸 것이었고!

　이 사실을 채나와 케인은 정확히 알았다.

　단지 이경희 교수의 호기심을 자극시키지 않기 위해 말하지 않았을 뿐이었다.

　"야, 빵 부장! 조(兆) 다음에 뭐냐?"

　채나가 조수석에 앉아 있는 방그래에게 뜬금없는 질문을 던졌다.

"으흐흐… 제가 아는 제일 큰 숫자는 억입니다, 회장님!"

방그래가 사회체육학 전공자다운 대답을 했고.

"경(京)!"

의학을 전공한 이경희 교수가 쉽게 가르쳐 줬다.

"경? 경 다음은?"

"해(垓)!"

"뭐, 해까지는 알 필요도 없지. 한 5천경 불쯤 만들면 될 테니까!"

"오, 오천경 불? 돈 단위 맞아?! 무슨 한국 경주에 있는 불상 이름 같다."

"그동안 돈을 좀 벌면서 깨달았어. 10만 원에서 100만 원 만드는 것은 어려운데 10억에서 100억 만드는 건 간단하더라구!"

"……!"

"역시 돈을 벌려면 장사를 해야 돼. 일단 회사를 만들자고! CNA 골드… OK! CNA 골드… 이름 좋은데!"

갑자기 채나가 장사꾼 같은 말을 계속 뱉었다.

"엄마! 혹시 변호사 중에 아는 사람 있어?"

"한국 변호사는 백 명쯤 알아."

"말구! 미국 변호사 말야. 아, 맞다! 양똥이 있었지. 양똥이 한미일 삼 개국 변호사 자격증이 있는 국제 변호사라고 했어."

"양똥이라는 변호사가 있다구?"

"웅! 양동길이라는 노총각인데 별명이 양똥이야. 마마 언니를 짝사랑하는 위인인데, 대빵 재미있어."

"호호호! 동양 제일 미인이라는 빅마마를 짝사랑한다면 정말 고행의 길을 가겠구나."

"헤헤헤! 그래그래! 진짜 고행의 길을 걷고 있어. 빵 부장! 양동길 변호사 좀 바꿔봐."

"예! 회장님."

"양똥 오빠? 나 채나야. 에헤헤헤!"

채나가 다정다감한 목소리로 방그래가 건네준 휴대폰을 받았다.

지금 채나가 양동길 변호사의 별명을 거론하면서 길게 설명한 것도 이경희 교수의 관심을 로키산맥의 백금광산에서 멀어지게 하기 위해서였다.

곧 채나가 CIA와 시작할 전쟁을 모르게 하기 위해서였고!

"……?"

이경희 교수가 고개를 갸우뚱했다.

이 녀석… 변해도 너무 많이 변했네.

예전의 그 까칠했던 김채나는 어디 갔지?

레스턴 시에서 뉴욕까지 딱 오 분 쉬고 통화를 했으면서도 한결같이 친절하고 정중하게 대화를 하네.

흡사 슈퍼스타가 되면 이렇게 해야 된다고 배운 사람 같아. 꼭 연예인이 아니라 노련한 사업가 같네.

역시 엄마는 엄마였다.

이경희 교수만이 채나가 변해가는 것을 눈치챘다.

"백악관 비서실장님이랍니다. 회장님과 통화를 원하시는데요?"

채나가 양동길 변호사와 막 통화를 끝냈을 때 다시 방그래가 휴대폰을 건넸다.

"백악관 비서실장이라면 미국 대통령 비서실장이신데 왜 나를 찾지?"

채나가 이마를 찡그리며 휴대폰을 받았다.

"……!"

이경희 교수의 눈이 커졌다.

이 녀석이 세계적인 슈퍼스타가 분명하네.

아까는 중국 러시아의 최고위층들과 통화를 하더니 이번에는 미국 대통령 비서실장이 전화를 걸어와? 하긴 덕분에 나도 세계적인 스타 맘이 됐으니까.

이경희 교수의 얼굴에 흐뭇한 미소가 번졌다.

이경희 교수는 미국에서 지난 이십여 년 동안 의사 생활을 하면서 올해가 가장 바빴다.

존스 홉킨스 의대의 교수들 중에서 가장 잘나가는 노벨 의

학상 수상자인 신경외과 전문의 리차드 박사보다 더 바빴다.

향후 오 년 동안의 수술 스케줄이 잡혀 있을 정도였다.

뭐, 이경희 교수가 엄청난 의학상을 받았거나 어떤 대단한 연구업적을 발표해서가 아니었다.

순전히 딸을 잘 둔 덕분이었다.

채나가 빌보드 차트를 휩쓸면서 세계적인 사격 선수에서 뮤지션으로 다시 멀티 엔터테인먼트로 에스컬레이터를 타면서 진정한 슈퍼스타가 되자 덩달아 엄마인 이경희 교수도 유명해졌다.

갓 채나 맘이 하버드 의대와 쌍벽을 이루는 존스 홉킨스 의대 교수래!

이 소문 하나로 모든 일이 끝났다.

대중의 관심이 이경희 교수에게 봇물처럼 쏟아졌다.

미국을 비롯한 세계 여러 나라 매스컴에서 인터뷰 요청이 빗발쳤다.

한국 정부에서는 아예 '장한 어머니 상'을 주겠다고 호들갑을 떨었다.

더불어 수많은 환자가 존스 홉킨스 병원으로 이경희 교수를 찾아왔다.

부인병학을 전공한 이경희 교수였기에 대통령 영부인부터 재벌 사모님, 변호사 등 고수익의 전문직 여성이 줄을 이었다.

또, 세계 유수의 의과 대학에서 강연 요청과 함께 스카우트 제의가 쇄도했다.

존스 홉킨스 대학에서 부랴부랴 종신 교수직을 제의해 왔고!

존스 홉킨스 의대 부속병원 앞에 채나의 앨범 발매와 미국 공연을 축하는 대형 플래카드까지 걸려 있을 정도였으니 상황이 대강 짐작됐다.

끼익!

"뉴욕 JFK 공항입니다, 회장님!"

채나가 휴대폰을 든 채 정신없이 통화를 할 때 염성룡이 벤츠600 승용차를 세우며 입을 열었다.

"잠깐만, 잠깐만… 일단 너부터 숨어, 스노우!"

스노우가 꼬물거리며 채나의 품속으로 들어갔고.

채나가 황급히 두툼한 모피코트를 걸치고 모자와 선글라스를 쓰면서 변장을 시작했다.

"호호호! 우리 딸이 밖에 나가려면 그렇게까지 해야 돼?"

이경희 교수가 채나를 바라보며 기분 좋게 웃었다.

"어후! LA에서 생얼로 비벌리힐스에 갔다가 뒈질 뻔했어. 팬들이 스노우 얼굴도 알아, 참나! 세계 각국에서 관광 온 사람들이 모조리 몰려오는데 정신이 번쩍 나더라구. 그 난리 중에 미국 영화배우들까지 와서 사인을 해달라고 지랄이구."

"우쭈쭈쭈— 자랑스러운 내 딸!"

이경희 교수가 예뻐 죽겠다는 듯 채나의 얼굴에 뽀뽀를 하며 연신 등을 두드렸다.

철컹!

이어 방그래가 승용차 문을 열었고.

"익!"

채나가 막 차에서 내리다가 술래잡기를 하는 아이들처럼 그대로 동작을 멈췄다.

삼중 사중으로 포위돼 있었기 때문이다.

먼저 모 중사 등 경호팀이 승용차를 에워싸고 있었고.

다음은 뉴욕 공항을 경비하는 뉴욕 경찰특공대 SWAT 대원들이 완전 무장을 한 채 포위하고 있었다.

그다음은 수백 명의 기자.

마지막으로 숫자를 헤아릴 수조차 없는 엄청난 팬들이었다.

열심히 변장까지 하고 내렸건만 이렇게 채나는 간단히 뉴욕 공항에서 체포됐다.

"상황이 왜이래?"

"후우우우우—!"

채나가 이경희 교수를 쳐다보며 어깨를 으쓱했고.

이경희 교수가 이제야 채나의 쓰나미 같은 인기를 실감하고 한숨을 길게 내쉬었다.

잠시 후, 채나와 이경희 교수 케인이 경호팀과 뉴욕 경찰특
공대원들의 철통같은 경호 속에 뉴욕 JFK 공항 대합실을 향
해 걸어갔다.

〈GOD CHAINA RETURNED TO NEW YORK!〉
〈갓 채나가 뉴욕에 돌아왔습니다!〉

이렇게 쓰여 있는 거대한 입간판들 사이로!

……

세상에 단둘밖에 없는 엄마와 딸, 그리고 신랑.

이 세 사람은 공항에서 오랜 시간을 시달리다가 한 사람은
LA, 한 사람은 보스턴, 한 사람은 볼티모어로 떠났다.

이제는 미국… 아니, 이 세상에 없어서는 안 될 아주 중요
한 인사들이었다.

하지만 세 식구가 밥 한 끼 같이 먹지 못하고 헤어졌다.

출세가 꼭 좋은 것만은 아니었다.

＊   ＊   ＊

미국 서부 시간 12월 24일 새벽 5시.

우리가 뛰어가는 저 고개 너머에 곱게 그려진 당신의 얼
굴……

채나의 정규앨범 1집 8번 트랙에 실려 있는 '더 파이팅' 이
휴대폰에서 흘러나오자 LA 옥스퍼드 호텔 스위트룸에서 잠
에 취해 있던 김용순이 스프링처럼 자리를 박차고 일어났다.

"드디어 결전의 날이 왔네……."

김용순이 눈을 비비며 샤워실로 들어갔다.

바로 오늘 오후 7시에 스테플스 센터에서 채나의 정규 앨
범 1집 '드라곤' 의 쇼케이스가 열린다.

스테플스 센터는 우리 귀에 익숙한 미국의 유명한 프로농
구팀인 LA레이커스에서 홈 코트로 사용하는 체육관이다.

"훗!"

샤워를 마치고 수건으로 머리를 털던 김용순이 화장대 위
에 놓인 명함을 보며 쓴웃음을 삼켰다.

갠 프로모션 연예사업부 상무이사.

김용순이 CNA 재단 연예부장에 이어 열흘 전에 임명된 또
다른 직책이었다.

"투잡 뛰어! CNA 연예부장 월급과 별도로 캔 프로 상무이사 보수가 지불될 거야."

채나가 명함을 던져주며 이렇게 말했다.

"넵! 열심히 하겠습니다. 돈을 주시겠다는데 쓰리잡인들 못 뛰겠습니까?"

김용순은 또 이렇게 황공해하며 캔 프로 연예사업부 상무이사직을 맡았다.

실은, 60여 명에 가까운 직원을 거느린 CNA 연예부장이었지만 그리 바쁘지는 않았다.

그저 아침저녁으로 매니저들에게 보고를 받고 중요사항은 한국 본사나 EMA와 상의해서 처리하면 끝났기에 시간이 제법 남았다.

게다가 CNA 연예부장 일을 하면서 받은 보수가 매우 짭짤했다.

부장 월급도 이런데 상무이사 월급은?

메뚜기도 한철이래. 이참에 투잡을 뛰어 한몫 챙기자고. 히히히!

이런 욕심에 덥석 물었다.

또 고위층을 지칭하는 듯한 상무이사라는 직위가 왠지 끌렸다.

알다시피 채나와 강 관장은 캔 프로모션의 사업 부문을 둘로 쪼개 프로복싱과 격투기 등 스포츠 쪽은 강 관장이, 연예 쪽은 채나가 맡기로 합의를 했다.

뭐, 연예사업 부문이라고 하니까 듣기에는 꽤나 거창했지만 실은 소속 연예인이 달랑 채나 한 명뿐이었다.

캔 프로 소속 가수였던 김일준은 올해로 계약이 만료되어 이미 발걸음을 끊었다.

여자 가수인 이진아는 건강이 악화되어 아예 가수 활동을 접었고, 캔 프로에서 10억씩이나 들여 후원한 '월드 KK팝'에서 우승한 홍아영과 제니리는 채나가 미국으로 건너오는 바람에 아직 미계약 상태였다.

물론, 직원도 채나 한 명뿐이었다.

공연기획실장으로 스카우트한 오동광 PD는 정확히 내년 1월 5일부터 캔 프로 직원이 된다.

대표 한 명에 소속 연예인이 단 한 명뿐인 연예기획사.

소속 연예인이 대표를 겸하고 있는 초미니 회사.

이 회사의 대표 겸 연예인인 채나가 미국으로 건너와 활동을 시작했다.

지금까지는 아무 문제가 없었다.

메이저 음반회사인 유니버설과 초대형 레이블 EMA, 세계 제일의 공연 기획 회사인 AAA 등의 직원이 수만이었다.

게다가 김용순을 비롯한 CNA재단 연예부 스태프들이 대거 한국에서 날아와 일하고 있었다.

이들 모두가 캔 프로 직원이 되어 열심히 채나를 도와줬다. 그런데…….

땡똥!

"어서 오세요."

초인종이 울리자 김용순이 벽에 붙어 있는 모니터를 살펴 방문자를 확인한 후 스위치를 눌러 대문을 열어줬다.

김용순이 대문의 개폐유무와 방문자를 확인하는 버릇은 미국에 와서 생겼다.

조심조심 사람조심 범죄대국 미국이다.

요즘 김용순이 열심히 외우는 주문이었다.

화려한 황금색 재킷을 걸친 구경아 분장팀장과 엄선임, 김 송희 등 분장팀원들이 들어왔다.

오늘 쇼케이스 현장을 진행하는 AAA사의 직원들과 CNA 스 태프들은 모두 황금색 재킷을 입는다.

주인공인 채나가 노란색을 좋아했기에 그렇게 결정했다.

당연히 직위와 이름이 적힌 신분증을 착용했고!

세계 각국의 VVIP들이 대거 쇼케이스에 참석하는 바람에 스태프들과 알바직원들의 신상까지 USSS, CIA, FBI 등 미국 기관에 의해서 두 번, 세 번 크로스 체크됐다.

"새벽이라서 좀 쌀쌀하네요. 일단 이 두루마기를 걸치세요, 상무님!"

"낮에 더우시면 살짝 벗으시구요."

구경아 팀장이 황금색 두루마기와 한복을 김용순에게 건
넸다.

"미국에서 한복이라? 게다가 회장님 음반 쇼케이스에서?
이거 오버 아닐까요?"

김용순은 CNA 직원이든 AAA 직원이든 남녀노소를 불문
하고 말을 높였다.

말버릇에서 생기는 트러블을 미연에 방지하고자 하는 김
용순 나름의 직업관이었다.

"회장님께서도 좋아하셨는데요, 뭐!"

"상무님은 회장님 친동생이시잖아요? 쇼 호스트라구요. 원
래는 무시무시한 드레스를 걸치시고 손님을 맞으셔야 돼요."

"미국 대통령을 비롯한 각국의 VVIP들이 대거 참석하고
세계만방에 생중계되는 엄청난 행사예요. 스태프들이 꼬지
면 회장님이 세계적으로 망신당해요."

김용순이 두루마기를 살펴보며 쭈뼛거리자 지금까지 갖가지
행사를 치르며 밥을 먹은 구경아 팀장 등이 벌떼처럼 쏘았다.

"좋아요. 회장님 체면이 걸린 일이니까 무조건 입죠. 천조
국에서 한국 여성의 치맛바람 함 날려봅시다."

"호호호! 까르르!"

김용순이 미소를 띠며 두루마기를 집어 들었고.

"애도 꼭 안아주시구요!"

"끄악—"

뒤이어 김송희가 내미는 물건을 보고 비명을 질렀다.

오스트리아제 자동권총 글록19가 담긴 홀스터, 가죽으로 만들어진 권총집이었다.

"참 여러 가지 하네요. 한복 속에 자동권총? 무서워. 으으으!"

"미국에 왔으니 미국 법을 따르셔야죠."

"야비군 남자 스태프들보다 상무님 사격 성적이 훨씬 좋았잖아요?"

"깔깔깔! 헤헤헤!"

철컥! 김용순이 홀스터에서 권총을 꺼내 슬라이드를 당겼고.

"먼저 이렇게 슬라이드를 당겨 약실의 총알 유무를 확인하고."

탄창을 끼웠다.

"빵야! 빵야!"

김용순이 두 손으로 권총을 쥔 채 거울을 바라보며 방아쇠 당기는 흉내를 냈다.

"후후후— 멋져요, 상무님!"

"거의 서부 개척 시대 카우보이네요."

"동방에서 날아온 황야의 총잡이 용순 킴!"

"으ㅎㅎㅎㅎ!"

권총까지 챙겨야 되는 현실이 한심한 듯 김용순과 구경아 팀장 등이 마주보며 낄낄댔다.

띵똥!

김용순이 홀스터를 가슴에 찰 때 다시 초인종이 울렸다.

"진짜 오 실장님 부지런하시다. 벌써 오셨네!"

구경아 팀장이 벽에 붙어 있는 모니터를 쳐다보며 스위치를 눌렀다.

"출발하시죠? 상무님."

"네에, 오 실장님!"

캔 프로 공연기획실장으로 스카우트된 오동광 PD가 황금색 재킷이 어색한지 쑥스러운 얼굴로 들어왔다.

오동광은 오늘 AAA사에서 고용한 알바생 백 명을 지휘하여 스테플스 광장의 질서를 유지하는 일을 맡았다.

놀랍게도, 오동광이 DBS에서 퇴사를 하면서 몇 가지 행정처리를 할 때 재직기간 동안 하루도 결근하지 않았고 한 번도 휴가를 사용하지 않은 것이 드러났다.

DBS 총무국장이 오동광의 성실함에 혀를 차며 사용하지 않은 모든 휴가를 근무일수로 대체해 줬다.

덕분에 오동광은 더 이상 DBS에 출근하지 않아도 됐고 채나 팀원들 중에서 가장 먼저 미국행 비행기에 몸을 실었다.

채나의 추천으로 세계 최고의 공연기획사라는 AAA에 인턴사원으로 입사한 오동광은 용모를 제외한 모든 면에서 성실 그 자체였다.

'생긴 거야 엄마, 아빠가 만들어 놓은 걸 어째? 인간성이 문제지!'

이것이 김용순이 평소 남자들을 생각하는 마인드였다.

채나에 이어 오동광의 진가를 알아본 여자였다.

시각의 차이(Parallax).

모든 물체는 어떤 시각에서 보느냐에 따라 달라진다.

사람도 어떤 시각에서 보느냐에 따라 다르게 보인다.

김용순은 그동안 오동광과 같이 어울리면서 급호감이 생겼다.

오동광의 우스꽝스러운 용모를 본 것이 아니라 머릿속을 봤기 때문이다.

잘 익은 파인애플 같은 사람이었다.

껍데기는 못생겼지만 속은 아주 맛있는!

3장

정상회담

미국 서부 시간 12월 24일 새벽 5시 30분.

새파란 하늘이 손가락으로 튕기면 쨍 소리가 날 듯했다.

구름 한 점 없는 전형적인 한국의 가을 날씨였다.

돗자리 하나쯤 챙겨 들고 LA 근교에 있는 산타모니카 해변으로 놀러가기에 딱 좋은 날씨였고.

곱게 화장을 하고 황금색 두루마기를 걸친 김용순이 돗자리 대신 자동권총을 품속에 챙긴 채 미제 밴 승용차를 타고 스테플스 센터로 향했다.

채나의 쇼케이스가 열리는 스테플스 센터는 김용순 등이

숙소로 사용하는 옥스퍼드 호텔에서 자동차로 약 10분 거리에 있었다.

"카하하하하— 저 사람들 좀 봐!"

"머, 머야? 지금이 몇 신데 저 난리야? 저 줄은 또 뭐구?"

"텐트도 있어! 여기서 밤을 새웠나 봐?"

구경아 팀장 등이 차창 밖을 쳐다보며 호들갑을 떨었다.

쇼케이스를 주관하는 AAA에서는 손님들에게 보내는 초청장에 스탠드 석으로 지정된 모든 손님은 선착순으로 자리를 배정한다는 공지를 명시했다.

그래서 초청장을 받은 손님들은 소위 '꿀 자리'를 차지하기 위해 사흘 전부터 밤을 새웠던 것이다.

오늘 쇼케이스에 참석하는 모든 사람은 돈을 내고 구경 오는 관중들이 아니라 정중하게 초대를 받은 손님들이었다.

그야말로 하늘과 땅 어디에도 발 디딜 틈이 없었다.

하늘에는 'GOD CHAINA GO UNIVERSE! (갓 채나 가자 우주로!)' 이렇게 채나를 격려하는 문구가 적힌 수많은 현수막과 애드벌룬이 떠 있었고, 땅에는 수천 명의 사람과 수백 개의 텐트가 길게 늘어서 있었다.

스테플스 광장 저편에는 ABC, NBC 등 미국 방송과 CCTV, KBC, TBC 등 중국, 한국, 일본을 포함한 6개국 9개 방송사 차량이 경쟁하듯 꽉꽉 들어차 있었다.

"푸후후후, 진짜? 저 인간들 때문에 내가 못살아!"

김용순이 광장을 가득 메우고 있는 인파들을 쳐다보며 질렸다는 듯 고개를 절레절레 흔들었다.

어제까지 입에 단내가 나도록 뛰어다녔던 일이 떠올랐기 때문이다.

그랬다.

대표 한 명에 소속 연예인이 단 한 명뿐인 초미니 회사는 지금 광장에 줄을 서 있는 손님들 때문에 문제가 생겼다.

처음 AAA에서 기획한 프로그램은 스테폴스 센터에 세계 각국에서 딱 이천 명을 초대해 신나는 크리스마스 파티처럼 즐기는 콘셉트였다.

한데 초대 손님이 이천 명에서 오천 명이 되고 오천 명이 만 명으로 늘었다.

결국 만 오천 명으로 최종 결정됐다.

미국 최고의 장사꾼이라는 유니버설의 맥거번 회장이나 EMA의 로빈스 사장, AAA의 토마스 사장이 초대 손님 숫자를 늘리라는 세계 각국에서 쏟아지는 협박을 이기지 못했다.

처음에 기획했던 크리스마스 파티 어쩌고는 어디론가 사라졌다.

만 오천 명이라는 손님 숫자에 맞춰 또다시 유니버설과 EMA, AAA, 캔 프로가 머리를 맞대고 쇼케이스를 기획하는 수밖에 없었다.

문제는, 유니버설이나 AAA 등에서는 책임자들이 무려 사오십 명씩 회의에 참석했지만 캔 프로에서는 참석할 사람이 아무도 없다는 것이다.

직원이라고는 달랑 한 명밖에 없는데 누가 회의에 참석할까?

그 달랑 한 명뿐인 직원조차 공연 연습에 정신이 없었고.

어쩔 수 없이 급히 직원을 채용했다.

캔 프로모션 연예사업부 상무이사 김용순.

이 직원이 이때 탄생했다.

김용순은 언니인 채나가 캔 프로 대표가 아니었다면 벌써 상무이사직을 반납했을 것이다.

도무지 정신을 차릴 수 없었다.

육체적으로 힘들다는 것이 아니라 정신적으로 어마어마한 스트레스를 받았다.

실은, 이 채나 정규1집 '드라곤'의 쇼케이스는 물건을 만든 채나와 팔아야 되는 회사가 합동해서 여는 행사였다.

쉽게 말해 유니버설에서 돈을 대고 일은 채나가 해야 했다.

당연히 채나는 모든 일을 소속사인 캔 프로에게 위임했고.

캔 프로 대장인 강 관장은 쇼케이스 장소가 미국의 LA였고 경험도 없었기에 세계적인 공연 기획 회사인 AAA에 일을 맡겼다.

즉, AAA에서 캔 프로와 상의를 해 일을 끝내면 유니버설에서 AAA에게 돈을 주는 시스템이다.

아까 말했든 AAA에서는 맨 처음 이천 명의 손님을 초대하는 프로그램을 만들었다.

한국에 있는 강 관장에게 수천 통의 전화와 이메일 등을 보내 공연에 필요한 모든 것을 상의하고 허락받았다.

채나는 무조건 OK를 했고.

그런데 초대 손님이 만 오천 명으로 뻥튀기 되면서 그토록 심혈을 기울여 기획했던 모든 일이 도로아미타불이 됐다.

이때 한몫 챙기려고 뛰어들었던 김용순이 피박과 광박을 한꺼번에 썼다.

강 관장이 했던 모든 일을 대신해야 했기 때문이다.

캔 프로 최고위층인 상무이사였기에!

AAA에서는 김용순이 열흘 전에 상무이사가 됐는지 십 년 전에 됐는지 알지 못했다.

그저 캔 프로의 임원이었기에 모든 건을 김용순과 상의했다.

김용순은 털 나고 쇼케이스 공연기획 일은 처음이었기에 그저 눈치로 OK했고 코치로 YES했다.

눈치코치도 한계가 있었기에 인터넷을 뒤져 쇼케이스 기

획에 관한 공부를 했다.

고3 때 이후 처음으로 코피가 터졌다.

그렇게 김용순의 선혈이 낭자한 희생 속에서 채나의 정규 1집 '드라곤' 의 쇼케이스 기획은 완성됐다.

그런데, 오늘은 편할까?

* * *

미국 서부 시간 12월 24일 새벽 6시.

수만 명의 손님과 천여 명의 스태프가 북적대는 스테플스 광장.

열 채의 노란색 부스가 일제히 문을 열었다.

손님들에게 공지한 대로 선착순으로 자리를 배정하기 시작했다.

초대권을 입장권으로 바꿔주며 스탠드석 2층 센터 1열 1석부터 배정했다.

풋! 황금빛 두루마기를 곱게 차려입은 채 부스 저편에서 지켜보던 김용순이 헛웃음을 터뜨렸다.

정말 형형색색의 손님들이었다.

여자와 남자, 십 대부터 팔십 대까지.

눈동자 색, 머리색, 피부색, 옷차림과 신발까지 아주 다양

한 사람들이 뒤섞여 있어서 흡사 세계 인종 전시장 같았다.

게다가 손님들 중 90%가 미국이 아닌 세계 각국에서 날아왔다는 것이 재미있는 점이었다.

채나의 음반 쇼케이스에 참석하기 위해 한국의 서울에서 이곳 LA까지 왔다면 경비가 얼마나 들까?

한국 돈으로 기백은 각오해야 될 것이다.

지금 줄 서 있는 손님들은 그만큼 경제적으로 여유가 있는 사람들이었고 결코 만만한 사람들이 아니라는 얘기다.

모두 자신들이 사는 나라에서는 나름 한 수 하는 사람들이었다.

한데, 이번에는 신기하기보다 괴상한 일이 일어났다.

좌석을 배정받은 관중들이 약속이나 한 듯 김용순과 구경아 팀장 등이 얌전하게 앉아 있는 부스 앞으로 옮겨와 줄을 섰기 때문이다.

오늘 김용순은 구경아 등 분장팀원들과 함께 귀빈 맞이와 조공 관리를 책임졌다.

여기서 조공은 소국이 대국에게 특산물이나 귀중품을 바치는 공물이 아니라 손님들이 채나에게 가져온 선물을 뜻했다.

인터넷 상에서 팬들이 스타들에게 선물을 할 때 흔히 조공한다는 말을 사용한다.

전직 매니저인 연필신이 채나가 행사에 참석하면 팬들이 조공으로 현금을 몇억 원씩 지른다고 했기에 돈과 물건을 관리하기 위해서 김용순이 자진해서 나섰다.

결혼식장에서 신랑, 신부와 가까운 친인척이 축의금을 관리하듯.

역시 김용순은 영리했다.

한 시간이나 지났을까?

손님들이 놓고 간 선물들이 너무 많이 쌓여 더 이상 부스 안에 보관할 수가 없었다.

김용순이 트럭을 불렀다.

재미교포가 경영하는 회사에서 육중한 8톤 트럭 한 대가 달려왔다.

운전기사와 인부들이 잽싸게 선물들을 싣고 말리부에 있는 채나 집으로 향했다.

트럭이 돌아오기도 전에 다시 부스에 선물들이 가득 차자 김용순이 아예 트럭 한 대를 더 불렀다. 8톤 트럭 두 대가 선물들을 싣고 왕복하자 그제야 균형이 맞았다.

두 시간쯤 지났을까?

김용순이 더 이상 참지 못하고 두루마기를 벗어 던지고 편안한 황금색 재킷으로 갈아입었다. 손님들이 정신없이 밀려드는 통에 두루마기가 너무 불편했다.

하나하나 선물을 확인하고 기록하고 고맙다는 인사를 하고……

두루마기를 입고 이런 일을 하기에는 좀 무리가 있었다.

미국 서부 시간으로 12월 24일 오전 10시쯤 됐을 때였다.

잘생긴 금발의 백인 신사 두 명이 김용순에게 다가와 인사를 했다.

너무 정중하게 인사를 해서 김용순이 민망할 정도였다.

"채나 킴의 정규 1집 발매를 진심으로 축하드립니다."

"이건 지미 페이지 회장님께서 채나 킴께 보내신 축하 선물입니다."

백인 신사가 예쁜 RC 헬기 한 대를 내밀었다.

지미 페이지 회장은 유명한 군수 산업체인 더글러스 사의 CEO 겸 미국 사격 협회장으로 채나에게 친할아버지만큼이나 가까운 사람이었다.

"이, 이게 뭐죠?"

"예! 이번에 우리 더글러스 사에서 개발한 신형 DAS15 헬기입니다. 회장님께서 채나 킴이 무척 좋아할 거라고 하시더군요."

"이 녀석은 DAS15를 그대로 본뜬 RC 헬기죠. 실물은 이미 채나 킴 댁에 옮겨놨습니다."

"아… 네!"

김용순은 페이지 회장이 채나에게 신형 헬기를 보냈다는 사실을 겨우 알아들었다.

 영어가 짧기도 했지만 지금까지 누가 헬기를 선물했다는 얘기는 듣지도 보지도 못했기 때문이다.

 RC는 Radio Control의 약자로 무선 조종이란 뜻이다.

 페이지 회장은 DAS15 헬기가 워낙 덩치가 커서 이 쇼케이스 현장으로 보내기가 번거롭자 똑같이 생긴 RC 모형 헬기를 보냈던 것이다.

 "그럼 페이지 회장님께서 언니한테 헬기 한 대를 보내신 거예요?!"

 "예! 수고하십시오. 그럼……."

 김용순이 재차 확인했고 사내들이 다시 한 번 정중하게 인사를 한 뒤 몸을 돌렸다.

 "헤에— 이럴 땐 어떻게 기록해야 하나?"

 김용순이 잘생긴 RC 헬기를 쓰다듬으며 얼굴을 찌푸렸다.

 "그냥 들은 대로 쓰죠, 뭐. 지미 페이지 회장님 신형 헬기 한 대!"

 "신형 헬기 한 대? 누가 들으면 장난감 비행기 사준 줄 알겠네."

 "호호호! 울 회장님이 세계 제일 부자가 되셨다더니 선물도 막 자동차에서 비행기까지 들어오네요."

"자동차에 비행기면 이거 진짜 조공 아냐?"

"맞아! 윗분께 잘 보이려구 억지로 빛내서 뇌물 주는 거."

"깔깔깔깔!"

구경아 팀장이 너스레를 떨자 김용순 등이 폭소를 터뜨렸다.

톡!

이번에는 테이블 위에 예쁜 꽃바구니와 함께 화려한 크리스털 케이스에 담긴 큼직한 모형 요트가 놓였다.

말끔한 양복을 걸친 동양인 사내들이 배꼽 인사를 했다.

이, 이건 또 뭐냐?

"와주셔서 정말 고맙습니다."

김용순이 크리스털 케이스에 담긴 모형 요트를 힐끔거리며 맞절을 했다.

"수고 많으십니다. 중국 완다(萬達) 그룹의 이영정 총수께서 보내셨습니다."

"김채나 씨의 음반 발매를 진심으로 경하드립니다. 총수께서 가까운 시일 내에 김채나 씨를 뵈었으면 하십니다. 사업상 긴히 드릴 말씀이 있다고 하셨습니다."

"아, 네네! 회장님께 꼭 전하겠습니다. 근데 이 배는 뭔가요?"

"영국의 선시커에서 만든 최고급 요트입니다. 꽤 예쁘게 만들어져서 김채나 씨가 타면 아주 멋질 겁니다."

"요트는 말리부 김채나 씨 저택 선착장에 옮겨 놨습니다."

'자동차 헬기에 이어 이번에는 요트닷!'

김용순이 입을 헤벌렸다.

'완다 그룹이라면 중국의 십 대 재벌 중 하나다. 중국 최대의 부동산 업체이자 유통기업.'

김용순은 경북 대학교 경제학과 출신이었다.

그래서 중국의 유명한 재벌 그룹인 완다에 대해 익히 들었다.

'재미있다. 언니가 세계적인 슈퍼스타에서 세계 제일 부자가 됐다는 뉴스 때문인지 세계적으로 유명한 장사꾼들이 경쟁적으로 선물을 보내네.'

김용순의 생각은 반은 맞고 반은 틀렸다.

중국 완다 그룹에서 채나에게 선물을 보낸 것은 채나와 친분을 쌓기 위한 뜻도 있었지만 중국인 특유의 **꽌시**(=관계) 때문이었다.

완다 그룹 이영정 총수와 요요림 주석은 호형호제하는 사이였다.

요요림 주석과 채나의 관계는 다시 설명할 필요가 없고.

"그럼 곧 다시 뵙겠습니다."

"네! 멀리 나가지 못합니다. 안녕히 가세요."

중국인 신사들과 김용순이 정중하게 작별 인사를 했다.

"푸후─ 조공 맞네요. 자동차, 비행기에 이어 이번에는 요트예요!"

김용순이 크리스털 케이스에 담긴 요트를 쳐다보며 한숨을 길게 쉬었다.

"호호호! 궁금하네요. 이렇게 모형만으로 봐도 멋있는데 실제로 보면 얼마나 멋질까요?"

"내일 말리부로 가죠, 뭐! 언니보고 요트 함 태워 달라고 할께요."

"아후후, 우리 너무 잘나간다! 이제 호화 요트를 타고 태평양을 항해하는 거야?"

"완전 죽이는 그림이야."

"아쉽다! 이럴 줄 알았으면 고딩 시절에 입던 비키니 수영복이라도 챙겨 오는 건데."

"우후후후!"

구경아 팀장 등이 수다를 떨며 상상 속에서 화려한 요트를 타고 노을 진 태평양을 항해했다.

약간 유행 지난 비키니 수영복을 걸치고.

"아무튼 흥미진진하네요. 비행기, 요트까지 들어왔는데 다음은 어떤 선물일까요?"

"인공위성 아님 우주선?"

"외계인이시니까 고향 가실 때 타고 가세요. 회장니이이임!"

"까르르르르!"

자동차가 선물로 들어올 때만 해도 입을 쩍쩍 벌렸던 김용순 등이 이제 비행기에 요트까지 들어오자 놀람을 지나 궁금증을 느꼈다.

구경아 팀장의 예상은 틀렸다.

다음 선물은 기계가 아니라 살아 있는 동물이었다.

"…이 두 녀석을 러시아 총리께서 보내셨다구요?"

"네에! 코카시안 오브차카라는 종입니다. 태어난 지 삼 개월 된 녀석들이에요."

"이, 이렇게 큰 녀석들이 삼 개월 된 강아지예요?"

"이 녀석들은 삼 년쯤 자라면 큰 곰만 해져요."

누런 털이 북슬북슬한 큼직한 한 쌍의 개였다.

러시아 국견 코카시안 오브차카.

포악하기로 세계에서 둘째가라면 서러워할 초대형 맹견이었다.

채나가 몇 번 키워보려고 했다가 차마 엄두가 안 나서 키우지 못했던 그 개였다.

"어쨌든 고맙습니다. 회장님께 꼭 전해드릴게요."

"그럼……"

두 명의 금발 아가씨들이 목줄이 채워진 개 두 마리를 김용순에게 건네주며 몸을 돌렸다.

"이거 수상하네요. 강아지가 들어온 걸 보면 다음엔 돼지나 소가 올 조짐이에요."

"그럴지도 몰라요. 회장님께서 동물을 워낙 좋아하시니까 호호호!"

"진짜 별 사람들 다 있네. 어떻게 쇼케이스를 하는 가수에게 강아지를 선물한대?"

"빨리 트럭 불러요! 이 녀석들 응아 하기 전에 언니 집에 데려다 놔야겠어요."

"히히히, 네!"

웅성웅성!

구경아 팀장이 트럭을 부르려 휴대폰 번호를 누를 때.

갑자기 길게 줄을 서 있던 손님들이 웅성거렸다.

"갓 채나! 갓 채나―!"

느닷없이 채나를 연호했다.

"니콜라이 사형이 러시아 예쁜이들을 데리고 왔다구?"

같은 순간, 야구 모자를 눌러쓴 채나가 김용순이 있는 부스 안으로 성큼 들어섰다.

"회장님!?"

김용순 등이 화들짝 놀랐다.

쇼케이스 리허설에 정신없이 바쁜 채나가 달려왔기 때문이다.

"헤헤헤! 이 녀석들이구나."

채나가 러시아 아가씨들이 가져온 강아지 한 마리를 성큼

안았다.

강아지가 주인을 알아본 듯 낑낑거리며 채나 얼굴을 핥았다.

"웅웅웅, 그래, 그래! 먼 길을 왔더니 배고파?"

"알았쪄! 알았쪄! 가서 밥 먹자!"

채나가 활짝 웃으며 강아지 두 마리를 교대로 안아줬다.

울 언니가 개를 좋아하긴 진짜 좋아하는구나. 강아지가 왔다는 소식을 듣자마자 헐레벌떡 뛰어왔어.

김용순이 희미한 미소를 지었다.

자동차가 왔을 때도, 헬기나 요트가 왔을 때도 채나는 쳐다보지도 않았다.

한데 강아지가 왔다는 소식을 듣고 한달음에 뛰어왔다.

그만큼 채나는 동물을 좋아했다.

키우는 것도 먹는 것도 입는 것도……

식물보다 동물을 훨씬 좋아했다.

"흑흑흑!"

바로 그때였다.

부스 안에 서 있던 곱슬머리 흑인 소녀가 훌쩍거렸다.

"와아아아앙!"

돌연 흑인 소녀가 채나에게 안기며 울기 시작했다.

"와아아아앙!"

뒤이어 흑인 소녀 뒤에 서 있던 동양인 소녀들이 따라서 울기 시작했다.

"흑흑흑! 와아아앙!"

느닷없이 선물을 접수받는 부스 안이 울음바다로 변했다.

또 다른 의미의 패닉이었다.

사람은 슬플 때 눈물이 나지만 기쁠 때도 눈물이 난다.

소녀들은 자신들이 갓 채나라고 부를 만큼 좋아하는 슈퍼스타 채나를 전혀 예상치 못한 장소에서 만나자 그만 감격에 겨워 울음을 터뜨린 것이다.

"헤헤헤! 녀석들, 울긴? 괜찮아, 괜찮아."

"흑흑흑, 갓 채나! 갓 채나!"

채나가 강아지들을 내려놓고 이번에는 울고 있는 소녀들을 안아줬다.

토닥토닥 한참 동안 등을 두드려 줬다.

소녀들이 우는 이유를 잘 알았기에!

이런 소녀들이 있었기에 오늘날의 슈퍼스타 김채나가 존재한다는 사실을 누구보다 잘 알았다.

'세, 세상에!? 팬들이 언니를 보자마자 마구 울어?'

'갓 채나라는 말이 실감 난다! 실감 나! 얼마나 좋으면 저럴까?'

김용순 등의 가슴이 먹먹해졌다.

"여, 여기… 흑흑흑!"

흑인 소녀가 눈물을 훔치며 채나에게 꽃다발을 건넸다.

"땡큐! 이름은?"

"에, 엔젤리나."

"오키! 엔젤리나? 이름 참 예쁘네!"

채나가 CD에 사인을 해서 엔젤리나에게 건네주고 다시 한 번 꼭 안아줬다.

계속해서 흐느끼는 다른 소녀들에게도 똑같이 해줬고.

이제 도끼를 마음대로 휘두르는 살벌한 채나가 아니라 아주아주 친절한 갓 채나였다.

"구 팀장님?"

"네네! 카메라 준비됐습니다. 아가씨들! 그만 울고 웃으세요. 찍을게요."

어느새 흑인 소녀 등이 활짝 웃었고.

찰칵찰칵!

구경아 팀장이 마구 셔터를 눌렀다.

"갓 채나! 갓 채나!"

팬들의 연호 속에 채나가 러시아산 강아지들의 목줄을 잡고 스테플스 광장을 달려갔다.

*   *   *

미국 서부 시간 12월 24일 정오.

갑자기 스테플스 센터 광장이 냉수를 뿌린 듯 조용해졌다.

저벅! 저벅!

완전무장을 한 LA 경찰 특공대 SWAT팀 일개 대대가 스테플스 센터 광장을 에워쌌다.

뒤질세라 선글라스를 끼고 검은 양복을 걸친 FBI 대원 수백여 명이 출현했고 CIA 요원들과 미 대통령 경호실 USSS 소속의 경호원들이 묵직하게 스테플스 센터 내로 들어갔다.

더불어 정체조차 불분명한 건장한 체격의 사내들이 꾸역꾸역 밀려왔다.

스테플스 센터를 경비하던 AAA사의 직원들은 모르는 척 한눈을 팔았다.

요요림 주석 등을 경호하는 세계 각국에서 몰려온 경호원들이었다.

오후로 시간이 흐르면서 배보다 배꼽이 커지고 밥보다 고추장이 많아졌다.

바야흐로 스테플스 센터는 채나의 쇼케이스를 관람하러 온 손님들보다 세계각처에서 몰려든 VVIP의 경호원이 훨씬 많아지게 되었다.

*　　　*　　　*

미국 서부 시간 12월 24일 오후 6시 30분.

김용순이 파김치가 되어 LA의 유명한 인앤아웃 햄버거를 한입 베어 물때.

대한민국 대통령 후보인 민광주 의원이 피대치 회장 등의 수행원들과 함께 김용순이 앉아 있는 부스로 들어왔다.

"껄껄껄! 우리 김 회장 동생이라고 해서 야리야리한 아가씨인 줄 알았더니 이건 미스코리아일세. 김 회장과 달리 아주 늘씬한 글래머 아가씨야."

민광주 의원이 김용순을 보자마자 한국 최고의 정치가다운 멘트를 날렸다.

"아후… 의원님은 무슨 미스코리아썩이나?"

김용순이 베어 물던 햄버거를 감추며 얼굴을 붉혔다.

"김 회장님과 자매가 분명하네요. 용순 씨 얼굴을 딱 사분의 일로 축소하니까 바로 김 회장님 얼굴이 나오네요. 하하하!"

"호호호! 깔깔깔!"

피 회장이 김용순의 얼굴을 화제로 농담을 하자 구경아 팀장 등이 깔깔댔다.

피 회장과 이하동문이었기 때문이다.

김용순의 눈꼬리가 올라갔다.

피 회장과 김용순은 그동안 몇 번 만난 구면이었다.

피 회장이 채나를 만나러 남해에 내려왔을 때 남해 특산물인 흑마늘 몇 접과 해죽포 막걸리 한 말쯤을 차에 실어주기도 했다.

얼큰이, 얼큰녀.

얼굴 큰 여자라는 이 별명은 김용순이 초등학교 때부터 대학교 때까지 따라붙었다.

가장 듣기 싫어하는 별명이었다.

그 터부를 피 회장이 건드렸다.

김용순이 자신도 모르게 오른손을 가슴 쪽으로 올렸다.

글록19 오스트리아제 자동권총이 숨겨져 있는 쪽이었다.

김용순은 잠깐 고민을 했다.

권총을 꺼내 쏴? 말아?

겨우 참았다. 권총을 쏜다고 해서 큰 얼굴이 작아지지는 않을 것 같았다.

"껄껄껄!"

민광주 의원이 호쾌하게 웃으며 피 회장 등과 함께 스테플스 센터 정문으로 향했다.

그리고 10분 뒤.

존 하워드 미합중국 대통령이 중국의 요요림 주석과 함께 스테플스 광장 저편에 출현했다.

곧바로 수십 명의 경호원에게 둘러싸인 채 스테플스 센터

안으로 들어갔다.

"미국에서 잘나가는 중년 남자는 어떻게 생겼나요?"

"네! 존 하워드 대통령을 보시죠."

가끔 미국 TV나 신문에 나오는 조크다.

하워드 대통령은 정말 잘나가는 금발 백인 중년 남성의 표상이었다.

큰 키와 자신만만한 눈동자와 미소.

이 팝 마니아 미국 대통령이 폴 메이어 부통령 등을 거느리고 크리스마스이브에 캠프 데이비드로 가지 않고 중국의 요요림 주석과 함께 채나의 정규앨범 1집 '드라곤' 쇼케이스에 왔다.

지극히… 지극히 이례적인 일이었다.

채나가 어느 정도의 아티스트인지 단적으로 보여주는 사례였다.

졸지에 스테플스 센터는 10여 개국 수뇌부가 모인 정상회담 장으로 바뀌었다.

4장

쇼케이스

미국 서부 시간 12월 24일 오후 7시.

거리에 전등불이 하나둘 켜질 때 지친 몸을 일으키고
세상의 새벽길 그렇게 걷다가 사랑과 일을 만나
길이 끝나는 곳에서 길은 다시 시작되고
그대는 허리케인 블루!
길이 없는 곳에서 길은 또 만들어지고
그대는 허리케인 블루!

엄청난 성량이었다.

기계 힘을 전혀 빌리지 않은 순수한 육성이었다.

채나 특유의 맑고 차가운 음성이 어둠 속의 스테플스 센터 내에 울려 퍼지며 채나의 정규1집 '드라곤'의 쇼케이스 공연이 시작됐다.

러닝타임 2시간 30분에서 3시간 동안 채나 혼자 단독으로 이끌어가야 하는 무대.

플로어의 이천 명 스탠드에 만 삼천 명의 손님과 스태프, 그리고 VVIP의 경호원들까지 포함해 약 이만 명이 지켜보는 무대.

세계 최고의 아티스트요, 천 년에 한 명 나올까 말까 하다는 전설의 뮤지션인 채나가 대중음악의 제국이라는 미국에서 처음으로 갖는 단독 콘서트였다.

그 역사적인 무대는… 이렇게 패닉으로 시작되고 있었다.

으으으으! 끄으으윽!

채나의 노래가 채 두 소절도 끝나기 전에 여기저기서 신음인지 비명인지 모를 소리가 터져 나왔다.

어떤 특수 조명 장치를 사용한 걸까?

아니었다.

분명히 어떤 조명도 밝히지 않은 칠흑 같은 어둠 속이었다.

실로, 엄청난 아우라였다.

깜깜한 무대 위에서 노래를 부르는 채나의 전신에서 마치 황금빛 조명으로 클로즈업시킨 듯 금빛 광채가 뿜어져 나왔다.

생머리를 멋지게 틀어 올린 황금색 드레스를 걸친 여신.

여신이 현신하고 있었다.

정녕 신비한 모습이었다.

깜깜한 무대 위에서 채나의 목소리가 들리는 것은 이해가 됐다.

한데, 마치 불에 타오르는 것처럼 보이는 채나의 모습은 도무지 이해가 안 됐다.

"오, 마이 갓! 신이시여!"

"갓 채나! 갓 채나!"

"오오오— 교주님! 경애하는 우리 교주님!"

이런 채나의 환상적인 모습에 매료된 손님들이 탄성을 터뜨렸다.

"……!"

플로어의 귀빈석에 앉아 지켜보던 엄마인 이경희 교수나 할아버지인 김 교장조차 채나의 신비한 모습에 가슴이 쾅쾅거리며 두방망이질 쳤다.

무대 앞 VVIP석에 앉아 있던 존 하워드 미국 대통령과 배석한 폴 메이어 부통령 카드 실장 등의 놀라움은 더욱 컸다.

말로만 들었던 갓 채나의 신비함을 처음 목격했기 때문이다.

채나 킴의 저 신비한 아우라를 목격한 것만으로도 캠프 데이비드로 가지 않고 채나 킴 쇼케이스에 온 보람이 있구만!

하워드 대통령이 전직 사업가답게 이렇게 계산했고.

조명을 담당하고 있던 AAA사의 제럴드 엔지니어는 채나의 신비함에 경악해 채나가 부르는 '허리케인 블루' 의 일 절이 끝날 때까지 넋을 잃고 조명을 켜지 못했다.

큐시트대로라면 채나의 음성이 들리고 일 초 뒤에 조명이 켜지면서 천천히 채나를 클로즈업해야 했다.

어찌 보면 그리 대단한 일도 아니었다.

일찍이 선문의 97대 대종사인 장룡은 선도를 완벽하게 익히면 물경 삼 갑자를 살 수 있다고 했다.

이 신비한 무술을 극성까지 익힌 채나의 몸에서 후광이 비쳐지고 아우라가 뿜어지는 것은 당연했다.

"흐읍—"

채나가 하리케인 블루의 이 절을 막 시작할 때.

갓 채나를 모르는 극소수 미국인 중 한 명.

스테플스 센터 3층 출입구 쪽에서 마크 요원과 함께 사주 경계를 하던 CIA LA지부장인 체스터가 가슴이 너무 답답해 자신도 모르게 길게 숨을 들이켰다.

생전 처음 채나의 노래를 라이브로 들은 체스터 지부장은 채나의 노래를 처음 들었던 많은 사람처럼 어떤 늪 속에 빨려 드는 느낌을 받았다.

벗어나려고 몸부림을 치면 칠수록 깊숙이 빨려 들어갔다.

어느 순간 목까지 빠졌고 그대로 침몰됐다.

"가, 갓 채나의 노래는 노래가 아니다. 무기다! 가공할 생화학 무기……."

체스터가 입가에 침을 질질 흘리며 신음을 뱉었고.

힘없이 쓰러졌다.

"크크! 갓 채나의 노래를 라이브로 들으면 패닉이 온다는 제 말, 이제 믿으시겠죠? 존경하는 체스터 지부장님!"

옆에 있던 마크 요원이 쓴웃음을 지으며 체스터를 부축했다.

두 명의 젊은 CIA 요원이 화들짝 놀라며 달려왔다.

"됐어. 누구나 겪는 갓 채나 노래 입문식이야. 찬바람을 쐬면 금방 깨어나실 거야."

마크 요원이 젊은 CIA 요원들과 함께 체스터를 밖으로 옮겼다.

천둥과 번개도 그대의 힘을 당할 수 없어. 허리케인 블루!

팟!

'허리케인 블루'의 이 절이 시작되고 한 소절쯤 지나서야 조명이 밝혀지고 채나가 클로즈업됐다.

스위치를 켜고 잠깐 기다려야 불이 들어오는 형광등 같았다.

하지만, 한국과 미국 등 6개국 9개 방송에서 라이브로 중계하는 카메라들은 채나의 이 신비한 모습을 정확하게 잡아 전 세계 팬들에게 전했다.

삑삑삑! 짝짝짝! 쾅쾅쾅!

"갓 채나! 갓 채나! 갓 채나!"

스테플스 센터를 가득 메운 손님들이 무엇인가에 홀린 듯 자신도 모르게 박수를 치고 발까지 구르며 채나를 연호했다.

늘 그렇듯 채나는 전혀 개의치 않고 계속해서 육성으로 힘차게 노래를 불렀다.

마이크조차 없었다.

아니, 마이크가 있기는 있었다.

채나가 대전 엑스포 축제에 초대되어 갔을 때 어떤 팬이 선물했다는 다이아몬드와 백금, 루비, 사파이어 등으로 치장한 명품 마이크 스탠드가 무대 위에 얌전하게 놓여 있었다.

재미있게도 이 명품 마이크 스탠드를 선사한 팬은 지금 스테플스 센터 2층에 앉아 눈이 풀린 채 채나의 노래를 감상

했다.

"원! 투! 쓰리 포!"

둥둥둥둥! 딱딱딱! 빰빰빰빰!

뒤이어, 박정훈 드러머의 신호에 따라 기타와 피아노 등의 반주가 시작됐다.

채나가 안양 박달산 계곡에서 흐드러지게 피어 있는 철쭉꽃 사이를 걸어가며 작곡했던 그 노래!

정규 앨범 1집 '드라곤' 의 8번 트랙에 담긴 '더 파이팅' 이었다.

'더 파이팅' 은 채나가 몇몇 행사에서 부르긴 했지만 스페셜 앨범에 수록되지 않았기에 이번 정규 앨범에 담았다.

우리가 뛰어가는 저 고개 너머에 곱게 그려진 당신의 얼굴.

어느새 청바지와 점퍼로 의상을 갈아입고 야구 모자를 거꾸로 쓴 채나가 격정적으로 춤을 추며 세션들의 반주에 맞춰 노래를 불렀다.

패닉이 와서 빈사 상태에 놓여 있던 손님들이 신나는 반주와 노래 소리에 퍼뜩 정신을 차렸다.

'더 파이팅' 이 끝나면서 곧바로 채나 킴이라는 뮤지션을 전 세계에 알린 결정적인 노래.

빰빰빰! 땅땅땅!

디어 마이 프렌드가 연주됐다.

영어 버전이었다.

채나가 피아노를 치고 케인이 기타를 쳤다.

두 사람 외에 다른 섹션들은 참가하지 않았다.

처음 시작했던 그대로 오리지널 영어 버전으로 공연을 했다.

오늘 이 무대를 위해 케인은 사흘 전에 LA에 와서 연습을 거듭했다.

땅!

허리케인 블루, 더 파이팅, 디어 마이 프렌드 이 세 곡의 노래가 모두 끝났다.

"갓 채나! 갓 채나! 갓 채나!"

손님들이 일제히 자리를 박차고 일어나 채나를 연호했다.

순식간에 스테플스 센터가 흔들릴 만큼 엄청난 박수의 쓰나미가 몰아쳤다.

무려 5분 동안이나 박수가 계속됐다.

"……!"

채나가 무대 위에서 인사를 하려다가 멈칫거렸다.

관중들의 연호와 박수 소리가 좀처럼 잦아들지 않았기 때문이다.

"헤헤헤, 반갑습니다. 안녕하세요! 김채나 채나 킴입니다!"

박수 소리가 조금씩 잦아질 때 채나가 재빨리 인사를 했다.

"네에에에에— 안녕하세요, 교주님!"

"헬로우우! 갓 채나!"

손님들이 기다렸다는 듯 답사를 했다.

"정말 큰일 날 뻔했네요! 원래 계획대로면 이번 쇼케이스에 딱 이천 명의 손님을 모시고……."

"우우우우우우! 뻬에에에에!"

채나의 말이 끝나기도 전에 손님들이 마구 야유를 보냈다.

"에헤헤헤, 뭐, 그렇다구요! 어쨌든 오늘 이렇게 많이들 오셨잖아요."

채나가 특유의 맹한 웃음을 터뜨리며 변명 아닌 변명을 했다.

"어떻게 자리가 불편하지는 않으세요?"

"네에에에에— 너무너무 좋습니다!"

"다행이네요. 이번에 좋은 경험을 했어요. 앞으로 제 정규앨범 2집 쇼케이스는 아주 따뜻한 봄날 어느 해변이나 초원에서 한 100만 명쯤 초대해서 본격적으로 해야겠어요."

"키야야약! 넘 멋있어요, 교주님!"

"멋있다, 갓 채나! 멋있다, 갓 채나!."

"분명히 약속드릴게요. 그때 오늘 오신 분들을 한 명도 빠짐없이 다시 초대하겠습니다. 모두 와주실 거죠?"

"에에에이이이! 불러만 주세요, 교주님!"

"그 따뜻한 봄날이 언제일까요? 열심히 기다리겠습니다, 갓 채나!"

손님들이 활짝 웃으며 기분 좋게 외쳤다.

"그리고 다 아시죠? 오늘 이 무대는 정식 공연이 아니라 음반 많이 팔아먹으려고 선전하는 무대라는 거!"

"아하하하! 까르르르!"

채나가 트레이드마크인 거침없는 멘트를 이어갔다.

"오늘은 제가 많은 분에게 잘 보여야 되거든요. 그런 뜻에서 오늘 어려운 걸음을 해주신 귀빈들을 한 분, 한 분 소개해드릴게요. 뭐 귀빈들을 소개할 때 지루하신 분은 화장실을 다녀오셔도 돼요. 귀빈께 살짝 찍히겠지만!"

"이히히히히!"

이번에는 손님들이 채나의 독특한 멘트에 빠져들었다.

"미합중국 대통령 미스터 존 하워드십니다."

채나가 하워드 대통령을 소개했고 손님들이 폭탄 같은 박수로 맞이했다.

"땡큐! 땡큐!"

하워드 대통령이 환하게 웃으며 자리에서 일어나 손을 흔들었다.

"캠프 데이비드로 갈 걸 약간 후회가 됩니다. 채나 킴의 노래를 들은 지금 이 순간까지도 제 심장이 제 통제를 벗어나 마구 날뛰고 있습니다. 늘그막에 주책없이 연예인 쇼케이스에 와서 심장병이나 얻어가는 게 아닌지……."

"와하하하하!"

하워드 대통령이 노련한 정치가답게 수준 높은 조크를 던지자 손님들이 폭소로써 답했다.

"미국 대통령이 아닌 대중음악 팬으로서 지금 TV를 시청하시는 분들에게 권하고 싶습니다. 단 한 번만이라도 채나 킴의 노래를 라이브로 감상해 보십시오. 새로운 세계를 경험하실 겁니다. 갓 채나의 성스러운 음성에 힐링이 될 것입니다."

"노래를 불러주셔서 정말 감사합니다. 갓 채나!"

미국 대통령이 채나 노래를 듣고 이렇게 인사를 했다.

마치 채나 스태프처럼!

유니버설의 음반 판매 사원처럼!

"고맙습니다. 분에 넘치는 말씀을 들었네요. 여러분! 미스터 존 하워드 미합중국 대통령이세요."

채나가 다시 한 번 하워드 대통령을 소개했고.

손님들이 또다시 우레와 같은 박수를 보냈다.

"다음 분은 세상에서 제가 가장 존경하는 분이에요. 아주 아주 바쁘신 분인데 마침 미국을 방문하셨기에 제가 떼를 써

서 모셨어요. 중화인민공화국 요요림 주석이십니다."

채나가 영어와 중국어를 번갈아 사용해 요요림 주석을 소개했다.

하워드 대통령만큼은 아니었지만 힘찬 박수 소리가 터졌다.

"고맙소이다! 어떤 눈치 빠른 기자가 제게 이런 질문을 합디다. 미국을 방문한 목적이 하워드 대통령을 만나기 위해서냐, 김채나 양 공연을 보기 위해서냐?"

"으흐흐흐흐!"

"본인에게 김채나 양은 중화인민공화국 십억 인민들만큼이나 귀중한 사람이오. 김채나 양의 공연을 꼭 보고 싶었소. 역시 잘 온 것 같소이다. 노래로 암을 치유하는 의사라는 소문이 사실인 것 같소. 평소 본인도 지병이 있었는데 방금 김채나 양의 노래를 듣고 몸이 날아갈 듯 가벼워졌소."

"와아아아아아!"

다시 손님들이 탄성을 질렀다.

"부디 오랫동안 세계 인민들의 곁에서 그 신령스러운 노래를 들려줬으면 하오! 우리 중화인민공화국 십억 인민에게 김채나 양의 노래를 꼭 들려주고 싶소. 부디 건강하시오! 북경에서 다시 만납시다."

또 요요림 중국 주석은 이렇게 노골적인 찬사를 보냈다.

계속해서 채나는 한국의 민광주 의원부터 러시아의 니콜라이 총리까지 선문의 외전제자들을 찬찬히 소개했다.

페이지 회장부터 미스 헬렌 월튼까지 자신을 후원해 줬던 사업가들도 소개했고.

특히, 민광주 의원을 소개할 때는 시간을 길게 할애해 특유의 호들갑을 떨었다.

지금 이 행사는 한국의 KBC 1TV에서 생중계를 하고 있었다.

민광주 의원은 대통령 후보였다.

정치가 채나는 아주 영악했다.

귀빈들의 소개가 끝난 뒤, 채나가 미국 땅에서 쇼케이스를 하고 있는 것을 충분히 의식한 듯 팝송 세 곡을 연이어 불렀다.

14주 동안 빌보드 차트의 정상을 차지했던 위트니 휴스턴과 캐빈 코스트너가 주연으로 나온 그 유명한 영화 '보드가드'의 OST곡인 I will always love you와 팝의 황제 마이클 잭슨이 열네 살 때 불렀다는 영화 '벤'의 주제곡 Ben, 팝송의 문외한들조차 익히 알고 있는 노래 비틀즈의 Let it be까지!

뒤이어 채나의 정규 앨범1집에 수록된 아름다운 너(Beautiful you)로 마무리를 했다. 당연히 엄청난 박수와 환호가 터졌다.

세계적인 뮤지션이 장사꾼으로 변신하면 이렇게 된다는

것을 아주 잘 보여줬다.

"헤헤헤! 제 노래만 들으면 심심하실까 봐 선배님들의 노래도 불러드렸습니다."

"위트니 휴스턴의 I will always love you, 마이클 잭슨의 Ben, 비틀즈의 Let it be, 네 번째 곡은 유감스럽게도 팝송이 아닙니다. 이번에 발매하는 제 정규 앨범 1집에 수록된 아름다운 너(Beautiful you)죠!"

"까르르르!"

채나가 자신의 노래인 '아름다운 너'를 팝송에 비유하며 소개하자 손님들이 뒤집어졌다.

"땡큐! 고맙습니다. 이렇게 노래만 들으니까 정신없으시죠?"

영어를 사용해서 그런지 쇼케이스 공연을 진행하는 채나의 말솜씨가 점점 더 매끄러워졌다.

"아닙니다. 갓 채나! 정신이 번쩍 납니다."

"완전 힐링이 됐어요, 교주님!"

"절대 죄짓지 않고 성실하게 살겠습니다."

"네에! 부디 기부 많이 하시고 착하게 사십시오."

"아하하하! 오호호호!"

마치 가까운 친구들과 대화를 나누는 듯했고.

MC로서의 자질까지 유감없이 보여줬다.

"감사합니다. 미합중국 대통령부터 중국의 요요림 주석까지 정말 많은 분이 오늘 제 음반 쇼케이스에 참석해 주셨어요. 해서 그냥 돌아가시라고 하기엔 너무 섭섭해할 것 같아서 제가 작은 선물을 하나 준비했어요."

"……!"

"헤헤헤! 아마 여기 오신 분들은 다 아실 거예요. '채나 킴 월드 투어 골든 티켓' 이라구!"

"끄악—!"

스테플스 센터를 가득 메운 손님들이 그대로 쓰러졌다.

음반 쇼케이스뿐만 아니라 어느 행사장이고 크고 작은 경품들이 나온다.

손님들을 끌기 위한 미끼이기도 했고 찾아와 준 손님들에 대한 보답이기도 했다.

미끼든 보답이든 지금 채나처럼 무지막지한 경품은 절대 내놓지 않는다.

아니, 내놓고 싶어도 내놓지 못한다.

세계 여행을 하며 채나의 월드 투어를 관람할 수 있는 티켓!

무려 120만 달러짜리였다.

그것도 세 장씩이나!

꿀꺽!

여기저기서 침 넘어가는 소리가 들렸다.

"여기서 잠깐, 여러분의 가슴에 붙은 배지에 적힌 숫자를 확인해 보세요. 이 스테플스 센터에 입장한 모든 분께 배지를 나눠드렸습니다. 기자분들과 경찰분들까지 한 분도 빼놓지 않고!"

채나의 말이 끝나기도 전에 모든 손님이 자신의 가슴과 허리 등에 붙은 배지를 살펴봤다. USSS, CIA, FBI대원들도!

"이제 하워드 대통령과 요요림 주석 민광주 의원 등 세 분께서 추첨을 해주시겠습니다."

"자, 잠깐, 채나 킴 양! 추첨하는 내가 당첨되면 어떻게 되나요?"

"와하하하하!"

하워드 대통령이 진지하게 물었고 손님들이 비웃음을 쏟아냈다.

비웃을 만도 했다. 20,000 대 3의 확률이었으니까!

하지만 누군가 세 명은 분명히 당첨된다.

그 세 명이 내가 아니라는 보장은 어디에도 없다.

물론, 내가 꼭 당첨된다는 보장도 없다.

이것이 확률의 마력이다.

그래서 우리는 오늘도 로또 복권을 산다.

"헤헤헤! 그럴 리는 없겠지만 만약 당첨되신다면 무조건 대통령께 드리겠습니다. 이 티켓의 유효기간은 십 년입니다. 제가 앞으로 십 년 동안은 월드 투어를 뛸 수 있을 것 같기에 그렇게 정했습니다."

"그럼 십 년 안에만 사용하면 된다는 말씀이오?"

민광주 의원이 미소를 띠며 조금은 딱딱한 영어로 물었다.

"예! 여행사가 망하거나 제가 월드 투어를 뛰지 못할 경우를 대비해 보험까지 들어 있는 티켓입니다."

"와우— 훌륭한 먹이네요."

민광주가 썰렁한 멘트를 했다.

"자아! 모두 마음에 준비가 되셨나요?"

"네에에에에! 교주님!"

"좋습니다. 그럼 먼저 하워드 대통령님!"

채나가 수신호를 보내자 다시 황금빛 두루마기를 꺼내 입은 김용순이 구경아 팀장과 함께 예쁜 상자를 들고 하워드 대통령 앞으로 다가갔다.

깡이라면 한 깡하는 김용순도 미국 대통령 앞이라 그런지 몸을 가늘게 떨었다.

두두두두두!

박정훈 드러머가 작은 북을 두드려 효과음을 냈다.

"일단 내 번호를 확실하게 기억하고!"

"제 번호도 기억해 주시죠, 대통령님!"

"NO! 내 번호도 간신히 외웠답니다."

하워드 대통령이 자신의 번호를 뚫어져라 쳐다보며 꼭 뽑겠다는 리액션을 취하자 폴 메이어 부통령이 자신의 번호도 기억해 달라고 너스레를 떨었다.

하워드 대통령이 단칼에 잘랐고.

"으흐흐흐흐!"

손님들이 이 정치 9단들의 개그를 구경하며 낄낄댔다.

ABC TV 등 수십 대의 카메라가 정치 9단들의 개그 장면을 계속 비췄다.

그랬다.

비서실장이 노린 것이 바로 이점이었다.

이례적으로 채나의 음반 쇼케이스는 세계 각국의 방송에서 생중계를 했다.

아무리 미국 대통령이라 해도 두 시간에서 세 시간 동안 세계 각국의 TV 방송에 노출될 수는 없다.

캠프 데이비드에는 눈은 잔뜩 쌓여 있을지는 몰라도 TV 카메라는 없다.

하워드 대통령은 이미 재선을 표방했고.

오래전부터 미국 대통령은 사람이 뽑는 것이 아니라 TV에서 뽑았다.

잠시 후, 하워드 대통령과 요요림 주석, 민광주 의원이 상자에서 뽑은 종이를 김용순이 무대 위의 채나에게 건넸다.

"이제 추첨된 번호를 봉투에 넣어 이렇게 꽉꽉 밀봉을 한

후 이 무대 위에 걸어놓겠습니다. 행운의 주인공은……! 커밍
순… 잠시 후 확인하겠습니다, 헤헤헤!"

"푸하하하—"

"에구구구!"

채나가 흡사 오락 프로를 진행하는 MC 톤으로 말하며 행
운의 번호가 들어 있는 봉투를 무대 정면에 걸어놓자 여기저
기서 안도의 한숨인지 낙담인지 모를 기음이 터졌다.

항상 주인공은 뒤에 등장한다.

채나가 단독으로 진행하는 정규 앨범 1집 쇼케이스라는 이
벤트에서도 예외는 아니었다.

행운의 주인공은 잠시 후에 밝혀졌다.

"좋습니다. 그럼 지금부터 또 달려볼까요!"

채나가 머리를 쓸며 수신호를 보냈고.

둥둥둥둥! 빰빰·빰빰!

드럼과 피아노가 출발했다.

"제 정규 앨범 1집에 있는 하얀 해바라기(White sunflower),
딱 세 가지 소원(Just three wishes), 헤이 닥터(Hey doctor)입니
다."

자신이 부를 노래를 소개했다.

Hey doctor! 혹시 거기 하얀 가운을 걸친 아저씨? 닥터신가요?

Hey doctor! 너는 나의 빛이다 나의 사랑아!
Hey doctor! 너는 나의 행복이다 나의 사랑아!

그리고… 한참의 시간이 흘렀다.
반주가 멈췄다.
스테플스 센터 내의 불이 꺼졌고.
어둠 속에서 다시 채나의 노랫소리가 들려왔다.

거리를 적시는 겨울비 속으로 친구가 떠나갔어
흐르는 빗줄기와 함께 추억도 흘러갔지

이어 한줄기 황금빛 조명이 채나를 클로즈업했다.
채나가 아까 공연이 시작될 때처럼 순수한 육성으로 노래를 부르기 시작했다.

빗물이 튀는 낡은 구두 뒤축 뒤로 지나간 세월만이 따라왔어
이루지 못한 꿈이라는 녀석도 함께 따라왔고!

정규 앨범 1집 마지막 트랙에 수록된 남자의 꿈(Dream of man)이었다.

언젠가 채나가 강 관장과 함께 비가 내리는 서울 한복판을 뛰어갈 때 영감을 받아서 작곡한 그 노래였다.

고단한 삶에 지친 사내가 친구의 장례식을 치루고 돌아오는 길에 비오는 거리를 방황하며 부르는 슬프디 슬픈 발라드 곡이었다.

신기하게도 채나가 부르면 위로로 바뀌는 노래!

그 노래도 끝이 났다.

"오늘 와주셔서 정말 고맙습니다. 앞으로 제 음반 좀 많이 사주세요, 헤헤헤!"

"다음 달 로즈 볼 경기장에서 뵐게요. 메리 크리스마스!"

채나의 무대가 개판이었나?

채나가 마지막 인사를 했음에도 아무도 박수를 치지 않았다.

하워드 대통령도, 요요림 주석도, 민광주 의원도.

심지어 엄마인 이경희 교수조차도.

단 한 사람도 박수를 치지 않았다.

아니, 칠 정신이 없었다.

왜냐하면 채나가 육성으로 반주 없이 엔딩 곡으로 부른 남자의 꿈(Dream of man)이라는 노래의 후폭풍이 너무도 강력했기 때문이다.

흑흑흑……

어디선가 흐느끼는 소리가 들렸고.

채나의 정규 앨범 1집 '드라곤'의 쇼케이스도 끝이 났다.

노래에 무슨 장르가 필요해?

내가 부르면 그게 곧 노래의 장르지!

채나라는 세계 최고의 아티스트가 이렇게 가르쳐 준 공연이었다.

한국을 포함한 전 세계에서 '드라곤'의 선주문이 정확히 2억 장이 접수된 바로 그 시각.

미국 서부 시간 12월 24일 오후 10시 30분.

미국 동부 표준 시간 12월 25일 오전 1시 30분.

한국 시간 12월 25일 오후 3시 30분이었다.

짝짝짝짝!

"꺄아아악!"

박수 소리와 함께 120만 달러짜리 세계 크루즈 여행 티켓에 당첨되어 지르는 비명은 다음 달 본격적으로 시작되는 채나의 월드 투어를 알리는 신호탄이었다.

5장

숫자의 의미

대령 백 명을 모아 놓으면 가장 똑똑한 대령 하나가 보인다.

틀림없이 그 대령은 별을 달고 장군이 된다.

별을 단 뒤에 진급은 순전히 운칠복삼(運七福三)이다.

천신만고 끝에 3성 장군이 되면 그중 가장 무능한 3성 장군이 4성 장군으로 진급한다.

똑똑한 3성 장군은 절대 4성 장군이 되지 못한다. 왜?

쿠데타를 일으킬까 봐 고위층에서 진급시키지 않는다.

군부독재 시절에 한창 떠돌았던 블랙 유머다.

그럼 이 사람은 4성 장군, 대장이 될 수 있을까?

척!

검은색 미국 해군 동정복을 걸친 장군이 거울 앞에서 거수 경례를 했다.

그대로 밀리터리 영화 포스터에 나오는 군인이었다.

소매에 부착된 금색 수실의 숫자로 미뤄 3성 장군이었다.

오랜만에 CIA 화이트 작전 부장이 군복을 입었다.

지금 막 미국 국방부, 펜타곤의 해군성 장관실에서 진급 신고를 끝냈다.

화이트는 CIA 작전 부장으로 발령받았을 때 소장으로 군복을 벗을 줄 알았다.

한데 전역은커녕 오늘 별 하나를 더 달아 중장으로 진급했다.

급박하게 돌아가는 이라크 사태 덕분이었다.

하워드 대통령이 해군 장교 출신이라는 것도 한몫한 것 같았고.

더불어, 미국 국방 정보국 DIA 국장으로 발령받았다.

정말 축하받을 만한 일이었다.

DIA 국장과 CIA 작전 부장은 클래스 자체가 달랐다.

우리나라의 국군기무사령부와 흡사한 조직인 미국 국방 정보국 DIA는 CIA, FBI와 함께 미국 3대 정보기관 중 하나로서 그 수장은 현역 3성 장군이 맡았다.

휘하에 무려 16,000여 명의 요원을 거느렸고 미국 국방 문제와 연관된 국가라면 세계 어느 나라에든 그 영향력을 행사했다.

지구상에서 미합중국의 국방 문제와 관계되지 않은 국가는 존재하지 않았다.

상원의 인사 청문회까지 거쳐야 할 만큼 막강한 자리였다.

이처럼 막강한 자리에 올랐음에도 화이트 국장의 얼굴은 침울했다.

이라크 사태와 CIA 요원 피습 사건 등이 좀처럼 해결 실마리가 보이지 않았기 때문이다. 이틀이 멀다하고 칼을 든 채나가 쫓아왔고!

거울 앞에서 복장을 고친 화이트 국장이 씩씩한 걸음으로 펜타곤 본관 건물을 벗어나 계단을 내려갔다.

"대통령님이십니다! 장군님."

비서실장인 클라크 소령이 다가와 정중하게 휴대폰을 건넸다.

─진급을 축하하네, 화이트 제독!

"감사합니다, 대통령님!"

─지상군 파병을 잠시 미루겠네. CIA와 협조해서 이라크 사태를 조기에 해결하게.

"옛 써— 프레지덴트!"

—그럼 내년 이맘때 자네 어깨에 별 하나가 더 올려져 있을 걸세. Happy new year!

"써, 프레지덴트! Happy new year!"

화이트 국장이 마치 대통령이 눈앞에 있기라도 한 듯 절도 있게 인사를 한 뒤 휴대폰을 클라크 소령에게 돌려줬다.

"별 네 개? 대장이라!"

화이트 국장이 고개를 갸우뚱했다.

"내가 4성 장군이 될 수 있을까? 클라크!"

"물론입니다. 장군님은 전시였다면 5성 장군, 원수가 되셨을 겁니다."

"후후, 고맙네. 자네는 다음 달에 중령으로 진급될 걸세."

"감사합니다, 장군님!"

"그동안 나 쫓아다니느라 고생 많았네. 방금 해군성에서 나올 때 진급 추천서에 자네 이름을 적어 넣었네. 이제 바다로 나가 배를 타게!"

"옛 썰!"

"해군이 배를 타지 않고 나처럼 땅 위에서 근무한다는 게 웃기는 일 아닌가?"

"어인 말씀이십니까? 장군님께서는 초급장교 시절에 지겨우리만치 배를 타지 않으셨습니까?"

"뭐, 그거야 그렇지만……."

미 해군 중장 겸 DIA 국장인 콜린 화이트가 진급이 돼서 몹시 기분이 좋은 듯 평소와는 많이 다르게 들뜬 목소리로 그동안 비서실장으로 자신을 보필해 온 클라크 소령과 두런두런 얘기를 나누며 주차장으로 향했다.

"거리에 전등불이 하나둘 켜질 때 지친 몸을 일으키고……."

바로 그때였다.

생뚱맞게도 미국 국방성 어디선가 채나의 노래 소리가 들려왔다.

정규 1집의 타이틀 곡인 '허리케인 블루' 였다.

"펜타곤도 문 닫을 때가 됐군. 애국가도 군가도 아닌 대중가요가 흘러나와?!"

화이트 국장이 불쾌한 듯 얼굴을 찌푸렸다.

화이트 국장은 뼛속까지 군인이었다.

대중음악은 타락이었고 곧 악이었다.

"어제 대통령께서 참모들에게 지시하셨답니다. 채나 킴의 노래에는 신령한 기운이 담겨 있다. 되도록 많은 국민이 듣고 위로가 됐으면 좋겠다. 이렇게 말입니다."

클라크 소령이 미소를 띠며 말을 받았다.

"채나 킴 쇼케이스에 다녀오셨다더니 어느새 채나교도가

되셨군."

"대통령님뿐 아니라 전 미국의 TV, 신문, 라디오가 몽땅 갓 채나 찬사로 거품을 물고 있습니다. 20세기 들어와서 크리스 마스 시즌에 캐롤보다 더 많이 틀어진 음악은 채나 킴 노래가 처음이랍니다."

"어쨌든 이건 오버일세. 국방성에서 무슨 대중가요 따위를 틀어 놓나?"

"한번 들어보시죠, 장군님! 저도 와이프 등쌀에 채나 킴 노래를 몇 번 들어봤는데 신령까지는 몰라도 스트레스가 사라지는 것은 사실이었습니다. 신기할 정도입니다."

"자네까지 그렇게 말한다면 꼭 들어봐야겠군. 요즘 악몽에 시달리는데 말야."

화이트 국장의 여러 가지 장점 중 하나였다.

어떤 문제든 절대 고집을 피우지 않았다.

참모들과 부하들의 의견을 최대한 존중하고 받아들였다.

길이 끝나는 곳에서 길이 다시 시작되고……
길이 없는 곳에서 길은 또 만들어지고……

계속해서 채나가 부르는 '허리케인 블루'가 들려왔다.

"컥!"

찰라 화이트 국장이 자신도 모르게 비명을 토하며 비틀거렸다.

머리가 깨질 듯 아파왔다.

마치 큼직한 전동 드릴이 머리통을 후벼 파는 것 같았다.

"어, 어디 편찮으십니까, 장군님?"

"…어서 가세. 난 채나 킴 노래가 영 맞지 않는군."

클라크 소령이 재빨리 부축을 했고 화이트 국장이 괜찮다는 듯 손을 저었다.

영취공의 공포였다.

목소리에는 그 사람의 혼이 담겨져 있다.

그런 연유로 채나의 목소리는 마경을 익힌 화이트 국장의 귀에는 지옥에서 악마가 울부짖는 듯한, 도저히 견딜 수 없는 소음으로 들렸다.

TV 속에서 채나가 뛰쳐나와 화이트 국장을 공격하는 것과 같은 류였다.

부우우웅!

잠시 후, 미국 워싱턴 D.C의 포토맥 강 건너편 버지니아 주의 알링턴 카운티에 위치한 오각형 건물인 펜타곤에서 미국 해군 3성 장군 깃발을 단 승용차가 빠져나왔다.

Hey doctor! 혹시 거기 하얀 가운을 걸친 아저씨? 닥터신가요?

Hey doctor! 너는 나의 빛이다 나의 사랑아!
Hey doctor! 너는 나의 행복이다 나의 사랑아!

또다시 화이트 부장이 탄 승용차 내에서 채나의 노래가 흘러나왔다.

이번에는 정규 앨범 1집에 실려 있는 '헤이 닥터' 였다.

화이트 국장이 얼굴이 시뻘겋게 변한 채 양손으로 머리통을 부여잡고 식은땀을 뻘뻘 흘렸다.

전동 드릴이 고막을 뚫고 들어와 마구 머릿속을 헤집었다.

"끄으으으으… 그, 그 음악 좀 어떻게 할 수 없을까?"

"옛 써!"

화이트 국장이 신음을 토하며 명령하자 조수석에 타고 있던 에이커 중위가 황급히 라디오 스위치를 껐다.

보좌관인 에이커 중위와 운전병인 캠벨 하사는 앞에 광자가 붙은 채나교도였다.

쇼케이스에서 선보인 채나의 정규 앨범 1집 드라곤에 수록된 곡들을 감상하면서 선주문한 음반이 누구에게 먼저 도착할지 내기를 하고 있는 중이었다.

"후우—"

화이트 국장이 이마의 땀을 훔치며 길게 한숨을 내쉬었다.

체크 메이트! 더 이상 피할 수 없는 외통수였다.

길을 걸어가면 채나의 목소리가 머릿속을 파고들었다.

식당에 가면 채나의 몸이 TV 속에서 뛰쳐나왔다.

잠이 들면 칼을 든 채나가 꿈속까지 쫓아왔다.

공포의 막장이었다.

"차이나타운으로 가세… 내일 이라크로 출발하기 전에 좀 쉬어야겠네."

"써, 장군님!"

화이트 국장이 힘없는 목소리로 명령했다.

쿡! 쿡쿡!

큼직한 손가락이 머리카락이 아주 짧은 머리통을 조심스럽게 매만졌다.

"역시 당신 손이 약손이구먼. 그렇게 아프던 머릿속이 개운해졌어."

"하핫, 고맙습니다, 장군님!"

편안한 가운으로 갈아입은 화이트 국장이 침대를 겸하는 의자에 누워 있었다.

하얀 위생복을 걸친 반백의 동양인 사내가 화이트 국장의 머리를 정성스럽게 지압했다.

화이트 국장이 피곤할 때면 늘 찾는 곳.

워싱턴 D.C의 차이나타운 뒷골목에 있는 JO라는 이발관이었다.

이발관의 주인은 예비역 해군 일등 상사로 전직 CIA 요원이었던 중국계 미국인 조웅(趙雄)이었다.

화이트 국장보다 일곱 살이나 위인 조웅은 미 해군 특수부대인 네이비 실 대원으로 화이트 국장과 같이 수많은 작전에 참여했다.

두 사람은 나이와 계급을 떠나 사선을 같이 넘나든 전우였다.

군에서 전역을 하면서 CIA에 들어왔고 지금처럼 이발사로 신분을 위장한 채 정년퇴직할 때까지 이 워싱톤 D.C 뒷골목에서 정보 수집 활동을 해왔다.

"너무 신경 쓰지 마십시오, 장군님!"

"아니… 이상하게 자꾸 걸려!"

조웅이 일곱 살이나 나이가 많았지만 군에서나 CIA에서나 화이트 국장이 상사였던 관계로 늘 존댓말을 썼다.

화이트 국장은 반말 반 존댓말 반을 섞었고.

"현직에 있는 CIA 요원이 2만 명이 넘고 전직요원들까지 합치면 전 세계에 퍼져 있는 CIA 요원이 100만 명에 가깝습니다. 이토록 많은 사람이 활동하는데 무슨 일인들 벌어지지 않겠습니까?"

"그럴까요?"

"당연합죠! 게다가 장군님께서 걸린다는 그 일련의 사건들은 새삼스러운 일도 아니잖습니까? 십 년 전인가 우리 요원 두 명이 난자당해서 허드슨 강에 떠오른 적도 있었습니다. 아직도 범인을 잡지 못했고요."

바로 이랬다.

화이트 국장이 JO 이발관을 찾는 것은 머리를 깎기 위해서 기도 했지만 오늘처럼 고민을 털어놓고 시원하게 얘기를 하고 싶어서였다.

무려 별을 세 개씩이나 달고 미 국방 정보국장씩이나 됐지만 그 또한 사람이기에 누군가 의논할 상대가 필요했던 것이다.

조웅은 화이트 국장이 이 세상에서 유일하게 마음을 털어놓을 수 있는 형이자 동료이자 부하였다.

"그래도 영 마음이 좋지 않군요. 사고를 당한 요원들이 모두 수십 년씩 CIA에서 같이 일했던 친구들인데……."

"하핫! 국익라는 측면에서 생각하면 잘된 일이 아닐까요? 늙어서 이상한 말이나 퉁퉁 뱉지 말고 제발 죽어줬으면 하는 게 상부의 바람 아닌가요? 또 늙다리들이 빨리빨리 사라져야 젊은 애들에게 기회가 오구요."

"후후! 조 상사가 이상한 쪽으로 결론을 내렸지만 어쨌든 속은 시원하네요."

"핫핫, 다행입니다, 장군님!"

"그런데 말입니다……."

스르륵!

화이트 국장이 자신도 모르게 눈을 감았다.

그대로 잠이 들었다.

아주 오랜만에 머리가 가벼워졌다. 잠시나마!

조웅이 미니스커트를 걸친 채 이발관 한편에 다소곳이 앉아 있는 아가씨들을 힐끗 쳐다봤다.

아가씨들이 재빨리 밖으로 나갔다.

아가씨 하나가 빨간색, 흰색, 파란색이 합쳐진 삼색 원통 등을 껐다.

드르르륵!

뒤이어 철판으로 만들어진 문을 내렸다.

조웅은 화이트 국장이 가게에 오면 아예 가게 문을 닫았다.

생사고락을 함께한 전우요, 상사인 화이트 국장을 생각하는 조웅 나름의 배려였다.

드르르륵! 드르르륵!

다시 철문을 여닫는 소리가 꼭 두 번 들렸다.

"…아프네요……."

얼마나 잤을까?

오랜만에 숙면을 취하던 화이트 국장이 가슴이 답답하고

손발이 끊어질 듯 아파서 눈을 떴다.

"아파도 참아, 군인 할배!"

"……!"

나직하면서도 다정다감한 조웅의 목소리 대신 유리창 깨지는 소리가 들렸다.

화이트 국장이 반사적으로 몸을 일으켰다.

하지만 겨우 반쯤 몸을 일으킬 수밖에 없었다.

입에는 청 테이프가 감겨져 있었고 손에는 수갑이, 발에는 족쇄가 채워져 있었기 때문이다.

조웅과 아가씨들도 화이트 국장과 똑같은 모습으로 이발관 의자에 묶여 있었다.

'차이니즈 갱스터?'

화이트 국장은 AK 소총과 권총으로 무장한 네 명의 동양인 사내를 보고 이렇게 생각했다.

중국계 마피아라고!

"그, 그, 근데 죽지도 사, 사, 살지도 모, 못하게 하려면 어, 어, 어떻게 해야 되냐?"

벌레처럼 입술이 쭉 째진 언청이인 동양인 사내가 말을 심하게 더듬으며 물었다.

"어떻게 하긴 뭘 어떡해, 씨발 놈아? 이렇게 하면 되지!"

퍼퍽! 퍽!

"끄어어억!"

한쪽 눈에 시커먼 안대를 한 애꾸가 말을 받으며 주저없이 소음기가 장착된 권총으로 조웅의 복부에 연달아 두 방을 쐈다.

콰콰!

곧 바로 큼직한 야전도끼로 조웅의 오른쪽 팔을 찍었다.

"으아아악!"

"씨발 놈이 얼마나 잘 처먹었는지 팔이 두꺼워서 잘 잘리지도 않네."

신음을 토하던 조웅이 고통을 이기지 못하고 그대로 혼절했다.

퍽퍽퍽!

애꾸가 아랑곳하지 않고 계속해서 정육점에서 식육 처리 기사가 도끼로 소 갈비뼈를 자르듯 마구 내려쳤다.

"꾸에에엑!"

도끼질에 다시 정신을 차린 조웅이 진짜 돼지 같은 비명을 질렀다.

입이 청 테이프로 묶여 있었지만 그래도 비명이 새어 나왔다.

쫭!

애꾸가 다시 족쇄가 채워져 있는 다리를 찍었다.

피분수와 함께 한쪽 팔과 한쪽 다리가 잘려 나가 덜렁거렸
다.

"으으으윽!"

화이트 국장이 조웅이 당하는 것을 보고 살기를 띠며 소리
를 질렀다.

화이트 국장의 음성도 청 테이프에 막혀 튀어나오지 않았
다.

"왜? 군인 할배도 가려운 데가 있나? 잘라줄까?"

도끼를 든 애꾸가 화이트 국장 쪽으로 다가갔다.

"야, 씨바이야! 그 할배는 건드리지 마. 저 군복에 붙은 훈
장하고 금테 두른 거 봐봐. 이런 할배 건드리면 피곤해!"

권총을 들고 있던 빡빡머리가 신경질적으로 손을 저었다.

네 명의 갱스터 중에 빡빡머리가 리더였다.

"그, 근데 무, 무, 무슨 숫자를 써, 써, 써놓으라고 해, 해, 했
지?"

"25! 새꺄!"

언청이가 다시 말을 더듬으며 물었고 이번에는 빡빡머리
가 대답했다.

"하, 하, 한문으로 써야 돼, 여, 여, 영어로 써야 돼?"

"개시키가 진짜?! 그냥 이렇게 쓰면 되잖아!"

빡빡머리가 수건으로 조웅의 피를 묻혀 이발관의 유리창

에 한문도 영어도 아닌 아라비아 숫자로 '25'라는 글씨를 휘갈겼다.

Hey doctor! 혹시 거기 하얀 가운을 걸친 아저씨? 닥터신가요?

Hey doctor! 너는 나의 빛이다 나의 사랑아!

바로 그때였다.

이발관 벽에 붙어 있던 대형 TV에서 채나가 오리 춤을 추며 헤이 닥터를 부르는 모습이 보였다.

미국 ABC TV에서 채나의 쇼케이스 공연을 미 전역에 쏘고 있었다.

재방송이었다.

"씨발! 노래 존나 재밌네?"

"헤이, 닥터! 거기 하얀 가운을 걸친 아저씨! 혹시 이발사 아니십니까?"

권총을 든 애꾸가 가사를 바꿔 부르며 채나의 오리 춤을 흉내 냈다.

"<u>으흐흐흐! 끅끅끅!</u>"

빡빡머리 등이 뒤집어졌다.

"그만 뜨자! 물건 챙겨."

"오케이!"

빡빡머리가 명령했고 언청이가 끊어진 팔을 신문지에 둘둘 말아 가방에 담았다.

애꾸가 권총으로 화이트 국장의 머리를 툭 쳤다.

"군인 할배 안녕!"

"아가씨들도 잘 있고!"

드르르륵!

빡빡머리 등이 비릿한 미소를 띤 채 손을 흔들며 이발관의 철문을 다시 열고 당당하게 걸어 나갔다.

"끄으으으으……!"

화이트 국장이 골목 저편으로 사라지는 언청이 등의 뒷모습을 지켜보며 신음을 토했고 공포에 질렸는지 분을 이기지 못했는지 그대로 고개를 떨궜다.

Hey doctor! 혹시 거기 하얀 가운을 걸친 아저씨? 닥터신가요?

TV에서는 계속해서 채나가 열심히 오리 춤을 추며 헤이 닥터를 불렀다.

채나의 눈이 빡빡머리가 이발관 유리창에 뚝뚝 떨어지는 피로써 써 놓은 '25'라는 숫자를 쳐다보는 것 같았다.

이 숫자의 의미는 지구상에서 채나만이 알고 있었다.

*   *   *

두두두두—

CNA라는 이니셜이 선명하게 박혀 있는 미국 더글라스 사에서 생산한 15인승 최신형 헬기 DAS 15가 새파란 하늘을 가로질렀다.

반짝!

KBC 로고가 박혀 있는 ENG 카메라에 빨간 불이 들어왔다.

"KBC 시청자 여러분! 안녕하십니까?"

한국 방송사 KBC 아나운서 금혜원이 한쪽 손에 마이크를 든 채 멘트를 시작했다.

"저는 지금 미국 로스앤젤레스 근교 말리부 해변 위에 떠 있습니다. 오늘 서울은 영하 14도까지 내려가서 몹시 춥다는데요. 하지만 여기 LA는 너무너무 날씨가 좋습니다. 구름 한 점 없이 쨍한 게 마치 우리나라 가을 같습니다."

금혜원 특유의 맑고 경쾌한 음성이 헬기 안을 울렸다.

"저 집들 보이십니까? 집이 아니라 중세 유럽의 성채 같지 않습니까? 바로 세계적인 스타들이 산다는 별장입니다. 좀 더 가까이 내려가 보고 싶지만 사생활 침해가 우려돼 이렇게 먼 곳에서 살펴보고 있습니다."

헬기에 탄 금혜원이 거대한 저택이 즐비한 지상을 내려다보며 멘트를 이어갔다.

두두두!

헬기가 천천히 기수를 틀었다.

"시청자 여러분, 잠깐 주목해 주시죠! 저 아래⋯ 황금빛으로 번쩍이는 저택 보이십니까? 네! 저 황금빛 지붕은 구리와 니켈 등 금속으로 만들어져서 수명이 100년이 넘어가는 영구적인 기와랍니다."

금혜원이 환하게 미소를 지었고.

"바로 저 황금색 기와집이 여러분이 미치도록 사랑하는 세계 최고의 톱스타 갓 채나! 김채나 씨 집입니다."

주먹을 불끈 쥐었다.

"후우우— 한국 팬들이 외치는 환호성이 여기 LA까지 들리네요. 이제 이 헬기를 김채나 씨 집에 착륙시키고 집 구경도 좀 하고 여러 가지 얘기도 나눠 보도록 하겠습니다."

금혜원의 멘트가 이어질 때 지켜보던 KBC 보도 본부의 석창모 PD가 한 손을 번쩍 들고 뭔가 수신호를 보냈다.

석 PD와 채나는 제법 가까웠다.

채나가 남해에 있을 때 석 PD는 전국체전을 빛낼 스타라는 프로를 촬영하기 위해 안수범 보도 본부장의 도움을 받아 금혜원과 함께 남해까지 내려왔었다.

채나의 정규 앨범 1집 쇼케이스 공연이 또다시 세계를 뒤집어놓자 채나의 근황을 보도하기 위해 급히 서울에서 LA까지 날아왔다.

사흘 전에 KBC에서 한국 전역에 생중계를 했음에도 불구하고!

채나의 쇼케이스 공연이 얼마만큼 반향을 일으키고 있는지 잘 보여주는 대목이었다.

"대한민국의 유일한 공영방송인 우리 KBC에서는 사흘 전막 내린 김채나 씨 쇼케이스의 비하인드 스토리를 듣기 위해 전 세계 방송사 중에서 제일 먼저 달려와 단독으로 보도해 드리고 있습니다."

금혜원이 영악하게 KBC의 발 빠름을 자랑을 하자 석 PD가 미소를 지으며 손을 빙글빙글 돌렸다.

바로 석 PD가 원했던 멘트였다.

"죄송합니다. 수다를 떨다 보니 이 헬기를 조종하는 기장님을 소개시켜 드리지 않았네요. 기장님을 좀 불러볼까요? 기장님!"

금혜원이 조종석 쪽을 보고 외쳤다.

바이저가 달린 헬멧을 쓰고 헬기를 조종하던 채나가 V자를 만든 손가락을 귀엽게 흔들었다.

"호호호, 보셨습니까, 시청자 여러분? 지금 이 헬기를 조종하는 기장님이 어떤 분인지?"

금혜원이 깔깔댔고.

"안녕하세요! 한국에 계신 KBC 시청자 여러분. KBC 보도본부 제작진들을 말리부 저택까지 안전하게 모셔다 드릴 채나 4호의 기장 김채나입니다."

채나가 미소를 지으며 마치 여객기 조종사처럼 씩씩하게 멘트를 했다.

일찍이 채나는 쌍 할아버지를 따라 미 육군 중부군 사령부에서 특전 무술 교관으로 알바를 하면서 아파치 헬기까지 몰아봤다.

"그렇습니다. 실은 이 최신형 헬기의 주인은 김채나 씨입니다. 지인께서 선물로 주셨다는데 그저 부러울 따름입니다. 저는 헬기는커녕 자전거를 선물로 주는 지인도 없답니다. 짜증나!"

"킥킥킥킥!"

금혜원의 너스레에 헬기 저편에서 웃음이 터졌다.

"이 비웃는 소리는 어디서 나는 걸까요? 잠시 후에 범인을 잡도록 하고 일단 김채나 씨 집으로 내려가도록 하겠습니다. 기장님! 착륙하시죠?"

"넵! 카메라를 잠시 끄시고 안전띠를 꼭 잡으세요."

ENG 카메라의 조명이 꺼지고.

채나가 조종하는 헬기가 부드럽게 지상으로 내려앉았다.

"시청자 여러분! 여기가 바로 헬기장까지 갖추고 있는 대 저택 김채나 씨 집입니다."

잠시 후, 금혜원이 헬기가 얌전하게 앉아 있는 헬기장을 등 진 채 마이크를 들고 다시 멘트를 시작했다.

"그럼 정식으로 이 집 주인을 소개시켜 드리겠습니다. 김 채나 씨!"

"금방 하늘에서 뵈었는데 또 뵙네요. 김채나입니다. 새해 복 많이 받으세요!"

채나가 한 손에 헬멧을 벗어 든 채 예쁘게 인사를 했다.

"김채나 씨! 아주 넓고 화려한 저택 같은데 일단 집 구경부 터 시켜주시죠?"

"네에! 가실까요."

―먼저 집값을 물어 봅시다.

채나가 미소를 띠며 손짓을 할 때 작가로 보이는 이십 대 아가씨가 A4 용지를 치켜들었다.

"진짜… 채나 씨! 좀 실례되는 질문인데 이 저택 얼마 주고 매입하셨어요?"

"현 시가로 따지면 1,000만 달러쯤 할 거예요."

금혜원이 정말 실례되는 질문을 했고 채나가 그렇지 않다는 듯 거침없이 대답했다.

"처, 천만 달러요?!"

"이 집 전 주인이 돈이 급해서 아주 헐값에 내놨더라구요. 세금까지 포함해서 350만 달러 주고 샀습니다."

"아호! 350만 달러라고 해도 지금 환율로 치면 40억 원이 넘잖아요?"

"헤헤, 네! 아시다시피 전 이런 저택에 별관심이 없어요. 세계 각국에서 수많은 손님이 찾아오시는 덕에 그분들을 모시기 위해 어쩔 수 없이 이 집을 샀어요. 허름한 집을 사면 김채나가 구두쇠니 어쩌니 뒷담화가 있을 것 같기에 아예 괜찮은 집을 장만했습니다."

"호호, 알겠습니다. 말이 나온 김에 여쭤볼게요. 저희 스태프도 오늘 이 집에서 재워주실 건가요?"

"숙박비를 지불하시겠다면 그렇게 하죠, 뭐!"

"아이이이이— 채나야아!"

채나가 돈 얘기를 꺼내자 금혜원이 인터뷰 중이라는 것을 잊어버리고 특유의 코맹맹이 소리를 내며 애교를 떨었다.

"우헤헤헤! 농담이에요. 방 다섯 개짜리 별채가 비었거든요. 미국 관광도 하시고 천천히 가세요."

통 큰 채나답게 KBC 스태프들에게 선뜻 별채를 내줬다.

채나가 말리부 해변에 위치한 본채와 별채 모두 다섯 동의 건물로 지어진 이 'LA 채나빌'을 사들인 이유는 방금 말한 그대로였다.

한국에서 할아버지와 작은 아버지 등이 채나의 쇼케이스에 참석하고자 LA에 왔을 때 당혹스럽게도 묵을 곳이 없었다.

채나가 살고 있던 옛날 집은 이미 팔아버려서 '김채나 생가'로 변해 있었고.

채나는 아무 생각도 없이 EMA에서 마련해 준 호텔에서 CNA 연예부 직원들과 함께 생활하고 있었기 때문이다.

부랴부랴 이 저택을 구입했다.

가장 큰 목적은 추운 뉴욕 시립 묘지에 누워 있는 아빠와 동생을 따뜻한 이곳으로 데려오기 위함이었고.

"컷! 미안합니다, 채나 씨! 잠깐 카메라 테이프 좀 갈고 다시 가겠습니다."

석 PD가 촬영을 중단시켰다.

우루루루!

메이컵 박스를 든 CNA 연예부 구경아 분장팀장 등 십여 명이 기다렸다는 듯 채나에게 달려들었다.

"……!"

금혜원이 움찔했다.

마치 1막의 연극이 끝났을 때처럼 시커먼 커튼이 재빨리 채나를 가렸다.

순식간에 비행기 조종사 제복을 걸치고 있던 채나가 노란 색 재킷과 하얀 바지에 트레이드 상표인 앵클부츠를 신은 채 나로 변신했다.

구경아 팀장 등이 의자에 앉은 채나를 에워싼 채 머리를 매 만지며 화장을 고쳤다.

저편에서 모 중사 등 경호원들이 눈을 빛내며 사주경계를 했고.

'헤에? 이제 세계적인 슈퍼스타라는 게 믿겨지네. 영화에 서 나오는 장면 그대로야. 정말 수십 명의 스태프가 에워싸 네.'

금혜원이 지켜보며 소리 없이 웃었다.

'매력은 좀 떨어진다. 푼수 같은 웃음과 함께 탈탈거리며 혼자 등장하는 게 김채나의 치명적인 매력인데!'

"자! 채나 씨, 다시 가겠습니다."

금혜원이 채나의 매력을 분석할 때 석 PD가 촬영 재개를 알렸다.

"저기, 석 PD님!"

"예에! 방 부장님."

미키 마우스 남방을 걸친 방그래가 다가오며 석 PD를 불렀다.

"회장님, 식사 시간입니다. 식사를 하시면서 촬영하시죠."

"아, 예에……."

"아시겠지만 회장님께서는 식사를 거르시면 컨디션이 급격히 나빠지십니다."

"하하, 알겠습니다, 채나 씨! 고생했어요. 밥 먹으면서 찍을게요."

"OK!"

석 PD가 재차 촬영을 중단시켰고 채나가 콜을 외쳤다.

석 PD는 익히 알고 있었다.

굶주린 채나가 얼마나 무서운지!

"가시죠, 회장님!"

"헤헤헤! 오늘 점심 메뉴는 뭐야?"

방그래가 식사 시간을 알렸고 채나가 방그래 손을 잡으며 폴짝 일어났다.

"아까 목장에서 1등급 쇠고기가 들어왔습니다. 텍사스 스타일의 스테이크를 함 만들어 봤습니다."

"테, 텍사스 스타일 스테이크?! 이따만 한 책상만 한 거!"

채나가 양손을 활짝 벌리며 급 흥분했다.

"으흐흐흐, 예!"

"진짜 기대된다. 쩝쩝쩝……."

채나가 방그래 손을 잡은 채 입맛을 다시며 뛰듯 걸어갔다.

텍사스 스타일의 스테이크.

카우보이 카우걸로 불리는 1㎏쯤 나가는 텍사스 지방 특유의 스테이크을 뜻했다.

전형적인 미국식 스테이크로 두께가 무려 성인 남자 한 뼘이나 되고 무게가 2㎏ 가까이 되는 몬스터 스테이크도 있었다.

가격 또한 100달러나 되는 괴물이었고.

채나는 페이지 회장을 따라 몇 번 이 몬스터 티 본 스테이크를 먹은 적이 있었다.

두 장이나 먹어 치워 가게 앞에는 지금도 채나 사진이 걸려 있다.

채나 또한 지금도 그 괴물의 추억을 잊지 못했다.

"후! 재미있다."

금혜원이 방그래의 손을 잡고 걸어가는 채나를 보면서 실소를 지었다.

"엄마가 개구쟁이 딸을 데리고 가는 것 같네!"

그랬다.

방그래가 채나의 정식 매니저가 된 것은 채 두 달이 되지 않았다.

하지만 방그래는 어느새 채나에게 세상 어디에서도 구할 수 없는 매니저가 됐다.

채나는 방그래를 무한 신뢰했다.

방그래가 마치 입속에 든 혀처럼 채나를 도와줬기 때문이다.

인간관계는 결코 시간이 만들지 않는다.

6장

말리부 저택

"진짜 이 집 넘넘 좋다!"

"UCLA 다닐 때 이 호화 저택들을 구경하려고 일부러 여기 말리부 해변까지 왔었는데 결국 집 안까지 들어와 구경을 하네. 호호!"

"쳇! 난 별로야. 바닷가나 무더운 여름 자체가 마음에 안 들어."

"그럼, 바보야! 북부 쪽에 집을 사지 그랬어? 산도 많고 겨울도 긴 미시건 주 같은 데 말야."

채나와 금혜원이 스테이크를 먹으며 도란도란 얘기를 나

녔다.

금혜원은 미국에 유학을 와서 LA에서 대학 생활을 한 UCLA 선배였기에 채나와는 얘기가 아주 잘 통했다.

"그러잖아도 아이오와 주에 맘에 드는 별장을 딜 중이야."

"그래? 아이오와 주라면 옥수수 많이 나는 데잖아? 툭하면 토네이도가 부는 곳. 미국에서도 오지라고 하던데 괜찮겠어?"

"몰라! 아직 가보지는 않았는데 집값은 엄청 싸더라고. 집을 다 돌아보려면 자동차로 두 시간쯤 걸린다는데……."

"뭐, 뭐? 집을 돌아보는 데 자동차로 두 시간쯤 걸려?! 그게 집이야? 마을이지!"

"헤헤헤! 원래 미국은 땅덩어리가 크잖아."

시원한 바다 바람이 불어오는 야자수 그늘 아래.

넓은 대리석 탁자를 중심으로 채나와 금혜원, 방그래, 석 PD등 CNA 연예부 식구들과 KBC 뉴스 제작진들이 모여앉아 식사를 하고 있었다.

촤르르륵! 다시 ENG 카메라가 돌아갔다.

이십 대 아가씨가 금혜원에게 살며시 쪽지 하나를 건넸다.

"…이거 내일 스케줄 표 같은데, 맞아요? 채나 씨!"

금혜원의 말투가 바뀌었다.

다시 촬영이 재개되고 있었기 때문이다.

"헤헤! 그런 스케줄이 최하 10년은 계속될 거라는 게 함정이죠."

채나 또한 완벽한 방송인이 돼 있었기에 존댓말로 대꾸를 했다.

"새벽 5시 ABC 방송 인터뷰, 6시 LA 타임지, 7시 USA 투데이, 8시 CNN 방송, 12시 영국 BBC 방송 인터뷰, 오후 2시 NBC 아메리카 음악 캠프 출연, 6시 중국CCTV, 7시 홍콩 TV, 8시 일본 TBS 인터뷰, 새벽 1시까지 스케줄이 꽉 차 있어?"

금혜원이 아가씨가 건네준 쪽지를 읽다가 입을 쩍 벌렸다.

살인적인 스케줄이었다.

"어이구! 말로만 듣던 그 무시무시한 세계 제일 톱스타의 스케줄이군요."

카메라가 채나의 빽빽한 스케줄 표를 클로즈업했다.

"전에는 그래도 숨 쉴 틈은 있었는데 쇼케이스가 끝난 뒤에는 숨조차 제대로 쉴 시간이 없어졌어요."

"이건 스케줄 표가 아니에요. 사람을 죽이는 시간표지!"

"노 프러블럼! 전혀 문제없어요. 오히려 고맙죠! 제가 좋아서 찾아주시는 거잖아요. 또 돈도 되고. 우헤헤헤헤!"

역시 채나는 타고난 연예인이었다.

살인적인 스케줄을 괴로워하는 것이 아니라 마음껏 즐기고 있었다.

그때, 석 PD가 금혜원을 힐끔 쳐다봤다.

빨리 다음으로 넘어가라는 뜻이었다.

석 PD는 채나의 공포스러운 스케줄 표를 보고 마음이 급해졌다.

인터뷰 시간을 오래 끌면 꼭 어떤 방송사에서 치고 들어올 것만 같았다.

족집게 예감이었다.

지금 막 이 저택의 정문 앞으로 미국 NBC 차량들이 몰려들고 있었다.

채나가 한 달 전쯤 약속을 하고 까맣게 잊었던 스케줄이었다.

"정문 쪽에서 자동차 소리가 들리고 방 부장이 급히 뛰어가는 걸 보니까 뭔가 수상하네요. 빨리 도망치시죠, 채나 씨!"

"헤헤헤… 네!"

채나와 금혜원이 자리에서 발딱 일어났다.

*   *   *

컹컹컹!!

"저기가 승마장이에요."

"피휴! 정신이 하나도 없군요. 무슨 리조트도 아니고 개인 집에 헬기장에 수영장, 테니스장, 승마장까지 있어요?"

"헤헤, 이 동네 집들은 다 그래요."

채나와 금혜원이 수영장과 테니스장을 돌아보고 개 짖는 소리가 들리는 야트막한 언덕을 올라갔다.

ENG 카메라를 든 카메라맨 두 명과 석PD 등 KBC 스태프들이 따라 붙었다.

당연히 CNA 연예부 직원들도 쫓아왔고.

"신기하네요. 승마장에서 말 울음소리가 들리지 않고 웬 개 짖는 소리가 들리죠?"

"저는 말을 키우지 않거든요. 개들을 좋아해서 승마장을 개집으로 사용하죠, 헤헤헤!"

워워웡 컹컹컹!

둥글게 목책이 쳐져 있는 승마장에서 십여 마리의 개가 마구 짖어댔다.

경비견으로 유명한 독일이 원산지인 도베르만과 셰퍼드들이었다.

니콜라이 러시아 총리가 선물한 코카시안 오브차카 강아지 두 마리도 보였다.

"아후후, 살 떨려! 무슨 개들이 저렇게 많아요? 크긴 또 왜 저렇게 크구요?"

"모두 팬들이 보내준 녀석들이에요. 이 집을 열심히 지켜

주니까 밥값은 충분히 해요. 아인! 쯔바이! 드라이! 조용히
해—!'

"아인, 쯔바이, 드라이? 하나, 둘, 셋? 그게 쟤들 이름인가요?"

"독일 개들이니까 독일어로 이름을 지어줬죠. 아인, 쯔바
이, 드라이, 피어, 핀프……."

"한국 채나원에 있는 개들은 미국에서 왔으니까 영어로
원, 투, 쓰리, 포구요?"

"에헤헤헤! 훌륭한 작명 감각이죠?"

"네에! 채나 씨는 노래도 잘하시지만 개 이름 짓는 데도 선
수시네요."

"깔깔깔! 우헤헤헤!"

금혜원과 채나가 마주보며 깔깔댔다.

—요, 요트를 좀 태워달라고.

—촌것들이라 요트를 말로만 들었지 구경조차 못해서리.

두 사람의 웃음 꼬리가 길게 늘어질 때 KBC 구성 작가인
이십 대 아가씨들이 A4용지를 번쩍 치켜들었다.

"정말, 채나 씨! 지난번 쇼케이스 때 어떤 중국 재벌이 요트
를 선물해 주셨다면서요?"

"그거… 피곤한 놈이에요."

"아니, 왜 피곤해요? 요트를 타고 바다에 나가 노래도 만드시고……."

"제 스케줄 표 보셨죠? 요트 탈 시간이 있던가요, 존경하는 금혜원 아나운서님?"

"그, 그러네요!"

"확 팔아서 우리 스태프들 자동차나 사줬으면 좋겠어요."

"아싸! 파이팅, 회장님."

"당장 시장에 내놓으시죠?"

지켜보던 구경아 팀장 등이 환호성을 질렀다.

"그럼 요트를 선물한 분의 성의를 무시하는 것 같고! 걱정입니다. 요트 유지비도 만만찮거든요."

"조만간에 요트가 자동차로 바뀔 분위기군요. 일단 자동차로 바뀌기 전에 부의 상징이라는 호화 요트를 한번 구경시켜 주시죠? 경배하는 교주님!"

"헤헤헤! 가세요."

＊　　　＊　　　＊

휘이이이잉!

영국 선시커 사에서 만든 폭이 40미터가 넘는 미끈한 베이지색 요트가 노을이 지는 바다 위를 떠가고 있었다.

지구는 둥그니까 자꾸자꾸 가다 보면 언젠가 한국에 닿는다는 그 바다였다.

미국에 이민 온 교포들이 고국이 그리워질 때면 한참을 바라보다 돌아갔다는 그 바다.

LA 근교 말리부 해변에서 출발한 태평양이었다.

"난리가 났습니다. 정말 난리가 났어요! 전 세계를 또다시 발칵 뒤집어 놓으셨어요!"

"우헤헤헤, 웬 난리씩이나!"

"더 이상의 쇼케이스는 없다! 음반 쇼케이스가 아니라 갓채나가 신의 영역에 있음을 알리는 쇼케이스였다. 쇼케이스 현장에 참석했던 모든 분이 하나같이 입을 모아 하는 말입니다."

카메라 조명이 대낮처럼 밝히고 있는 요트의 갑판 위에서 채나가 금혜원과 마주 앉아 인터뷰를 하고 있었다.

채나가 많이 달라져 있었다.

이제는 인터뷰를 태평양에 떠 있는 초호화 요트에서 했다.

약간은 어색했다.

외계인은 우주에 떠 있는 우주선에서 인터뷰를 해야 정상이었다.

*　　　*　　　*

"모, 모르셨다구요?"

"네! 저희도 TV 보고 미국 갔다는 것을 알았어요."

"그럼 아무 말도 없이 가출했다는 거예요?"

"그건 아니구요. KK팝 끝난 다음 날인가? 머리도 식힐 겸 미국으로 배낭여행을 다녀오겠다고 하더라구요. 그래서 잘 다녀오라고 했죠. KK팝에 육 개월씩이나 매달려 있었으니 딴에는 얼마나 힘들었겠어요."

"근데, 어느 날 갑자기 김채나 씨 쇼케이스에 게스트로 출연하고 돈도 보내오고 했다는 말씀이에요?

"애가 어릴 때부터 말도 없고 엉뚱했어요. 언젠가는 '학교 다녀오겠습니다' 하고 나가더니 한 달 만에 집에 들어오더군요."

"세상에?! 학교 다녀온다고 나가서 한 달 만에 들어와요? 걱정되지 않으셨어요?"

"걱정이야 됐지만 아들을 믿지 않으면 누굴 믿겠어요? 뭔가 일이 있나 보다 하고 참고 넘겼죠. 학교에서 공부를 아주 빡세게 시키네 하면서… 후후후!"

"정말 대단하시네요. 그럼 국형이는 캔 프로하고 계약이 된 건가요?

"글쎄요? 애가 그런 말을 안 했으니까 우리도 몰라요. 하지만 50만 달러면 엄청난 돈이잖아요? LA에서 김 선생님 쇼케이스에도 나오고 했으니까 계약을 해서 돈을 받았나 보다 하는 거죠, 뭐!"

"오, 오십만 달러나 받았어요?"

"네! 외환은행 LA지점을 통해 제 아빠 구좌로 보내왔어요. 정말 우리 아들이지만 자랑스러워요. 덩치만 큰 범생이인 줄 알았는데 어느 날 갑자기 KK팝에 나가 가수가 되고 상상도 못할 돈을 벌어오고……."

이렇게 박현옥과 열심히 얘기를 나누던 손정숙은 가슴속에서 울화가 치밀어 더 이상 자리에 앉아 있지 못하고 인사를 하는 둥 마는 둥 하고 커피숍을 빠져나왔다.

10분 전쯤, 전 국민 오디션 프로그램이라는 KBC의 월드 KK팝 시즌1에서 우승한 홍아영의 엄마인 손정숙은 삼 위를 한 한국형의 엄마 박현옥과 산야로 커피숍에서 만났다.

"푸후후후—"

한참 동안 심호흡을 하고 마음을 진정시킨 손정숙이 홍아영의 아빠 홍수길이 운전하는 검은색 그렌저 승용차에 돌아와 방금 박현옥과 나눈 대화를 마침표 하나까지 빠짐없이 그대로 옮겼다.

"……!"

갑자기 따뜻했던 승용차 안이 바깥 날씨만큼이나 차갑게

변했다.

도무지 상황이 이해가 안 됐기 때문이다.

"…미화 50만 달러를 보내왔다면 분명히 캠 프로와 계약을 했구먼."

운전석에 앉아 있던 홍수길이 무겁게 입을 열었다.

"맞아요. 그렇지 않으면 배낭여행을 간 대학생이 뭔 재주로 그 많은 돈을 보냈겠어요?"

조수석에 앉아 있던 손정숙이 커피 잔을 홀짝거리며 맞장구를 쳤다.

"허어, 이거야─ 오래 살지도 않았는데 별일을 다 겪네, 그라!"

"진짜 이해 안 돼. 1등을 한 아영이를 제쳐두고 2등과 3등을 한 제니와 국형이와 계약을 해? 이게 말이 되나?"

오리털 파카를 걸친 채 뒷좌석에 타고 있던 홍아영의 언니인 홍아인이 인상을 썼고.

"치이! 이유나 정확히 알았음 좋겠어. 내가 뭐가 부족해서 아웃됐는지 말야!"

옆에 앉아 있던 홍아영이 말을 받았다.

"아빠도 마찬가지다. 돈은 필요 없으니까 이유나 시원하게 듣고 싶다."

"분명히 김 선생이 마지막 심사평을 할 때 아영이가 제니

보다 리듬감이 뛰어나고 곡 해석 능력이 한 수 위에 있다고 하지 않았어요? 덕분에 관객들의 표가 아영이에게 쏠려서 우승을 했고!"

홍수길이 운전대를 톡톡 치며 심각한 표정으로 말을 뱉자 손정숙이 눈을 빛냈다.

KK팝에 출연한 모든 멘티는 채나에게 선생님이란 호칭을 썼다.

오디션 프로였고 채나가 심사위원이었기 때문이었다.

멘티들의 부모들이나 친구들 또한 자연스럽게 김 선생이라 불렀고.

"어허! 속상하구먼. 세계 가요계를 웃고 울린다는 김 선생 아니가? 그 엄청난 양반이 극찬을 했는데 왜 우리 아영이는 여기 있나?"

"제니와 국형이는 LA에서 화려한 연말을 보내고 있는데 말이죠? 어후! 이러다 내명에 못 죽지!"

촤아아아악!

손정숙이 다시 열이 치솟는지 한겨울임에도 불구하고 차창을 열어 젖혔다.

홍아영 가족들이 답답해할 만했다.

분명히, 홍아영은 KK팝에서 1등을 했고 상금 5억 원을 받았다.

준우승을 한 제니리와 치열한 승부 끝에 거둔 우승이었다.

일찍이 딸의 음악적 재능을 발견한 부모가 유치원 시절부터 대학 2학년인 지금까지 수억을 쏟아부으며 대중음악 학원이니 개인 레슨이니 하면서 끝없이 뒷바라지한 결과였다. 물론 홍아영도 목에서 피를 토할 만큼 노력을 했고.

우승을 하고 일주일까지는 정말 좋았다.

상쾌, 통쾌, 유쾌라는 집안의 가훈대로 연일 친구들과 함께 부어라 마셔라 했다.

그렇게 화려한 나날을 보내면서 방송에도 몇 번 출연했고 여러 신문 잡지 등과 인터뷰도 했다. 한데 정작 기다리던 캔 프로에서는 연락이 오지 않았다.

KK팝에서 입상을 하면 전속 계약을 하고 장차 대한민국 가요계를 이끌고 나갈 재목으로 키우겠노라고 캔 프로 관계자들이 얘기한 적은 없었다.

KK팝에 출연한 서너 명의 멘티를 거액을 주고 스카우트할 예정이다.

그래서 캔 프로에서 10억씩이나 되는 돈을 후원했다.

이런 말들이 멘티들 사이에 떠돌았을 뿐이다.

대체 캔 프로가 어떤 회사인가?

바야흐로 세계 엔터테인먼트계의 짱짱걸인 갓 채나의 소속사였다.

해서 홍아영을 비롯한 모든 출연자는 이 소문을 철석같이 믿었고 젖 먹던 힘까지 짜내 오디션에 임했다.

채나와 같은 회사에 있으면 세계까지는 몰라도 아시아는 충분하다는 기대 심리였다.

이제나 저제나 캔 프로에서 연락 올 때만을 초조하게 기다리던 홍아영의 식구들은 KBC에서 재방송으로 내보낸, 무려 네 시간짜리 미국 LA 스테플스 센터에서 거행된 '채나 킴 정규 1집 드라곤 쇼케이스 풀 버전'을 시청하면서 그대로 뒤집어졌다.

황당하게도 일주일 전에 시청했던 생방송에서는 보지 못했던 장면이 툭 튀어나왔다.

KK팝에서 준우승했던 제니리와 삼 위를 했던 한국형이 게스트로 출현했기 때문이다.

생방송에서는 촉박한 방송 시간 때문에 잘렸던 제니리와 한국형의 무대가 재방송에서는 풀 버전 그대로 방영된 것이다.

홍아영의 식구들이 단체로 멘붕이 됐다.

어떻게 우승을 한 우리 아영이는 서울에 있고 준우승과 삼 위를 한 제니와 국형이는 LA에 가서 게스트로 출연할 수가 있지?

정말 아까웠다.

무려 6개국 9개 방송에서 세계 각국에 쏜 프로그램이었다.

얼마나 많은 연예인이 이런 프로에 출현할 수 있을까?

홍아영 같은 신인 뮤지션들에게는 두 번 다시 올 수 없는 기회였다.

어쩌면 각 방송사마다 짧은 중계 시간 때문에 KBC처럼 1부만 내보내고 2부는 잘렸을지도 모른다. 하지만 분명히 재방이나 삼방에서는 2부도 내보낼 것이다.

워낙 세계적으로 화제가 된 프로였고 엄청난 중계권료를 지불했으니까!

그때부터 홍아영네 식구들은 한국형 집을 부랴부랴 수소문해서 지금 막 서울시 도봉산 자락 밑에서 한국형의 엄마를 만났던 것이다.

어떻게 된 일인지 자초지종을 알아보기 위해서.

대한민국에서 최고로 단합이 잘되는 무서운 가족답게 떼로 몰려왔다.

결과는 아무 소득도 없었고 열만 더 받았다

"다시 캔 프로에 전화해 볼까?"

"국형이 엄마랑 헤어지고 곧바로 해봤어요. 똑같은 소리에요. 아영이 문제에 대해서 아는 사람이 아무도 없대요. 제니와 국형이가 쇼케이스에 게스트로 나온 이유를 아는 사람도 아무도 없고."

"신발! 캔 프로 회사 맞아? 졸라 일하는 게 느릿하네. 완전

유령 회사 아냐?'

"약간 수상한 회사인 건 확실해. 나 KK팝에 한창 나갈 때도 그랬잖아? 삼류 연예인들도 코디니 매니저니 막 달고 오는데 김 선생님은 항상 혼자 달랑달랑 왔어. 캔 프로의 말단 직원 하나 쫓아오지 않았고!'

"크흐흐— 돈 쉽게 번다, 쉽게 벌어! 그렇게 일해주고 돈은 수백억씩 챙기니 원."

"캔 프로가 깡패들만 득실대는 기획 회사라더니 맞네."

홍아영네 식구들이 캔 프로의 원초적인 정체를 파악하기 시작했다.

하지만 이들은 꿈에도 몰랐다.

캔 프로는 연예 부문과 스포츠 부문이 나뉘어 있고 연예 부문은 직원이 채나 하나뿐이라는 것. 채나가 홍아영 등 KK팝에 출연했던 멘티들에게 극찬을 한 것은 채나 특유의 립 서비스였다는 것.

사실, 채나는 KK팝에 출연했던 어떤 멘티도 성에 차지 않았다.

가수 지망생이라면 최소한 자신이나 한미래, 원일 정도의 재목이어야 한다.

이것이 채나가 갖고 있는 기본적인 마인드였다.

왕초보 멘토다운 엄청난 착각이었다.

그 정도 재질을 갖고 있는 사람이 왜 아마추어 오디션 프로
에 나오겠는가?

일찌감치 가수로 데뷔해서 스타가 돼 있지!

덕분에 채나는 오래전에 KK팝에 출연한 멘티들에게 흥미
를 잃었다.

그저 큰아빠인 이영래 사장 등의 체면 때문에 열심히 붙어
있었고.

또, 한국형은 배낭여행차 LA에 도착했을 때 KK팝에서 맺은
인연 때문에 채나의 쇼케이스가 보고 싶어 찾아갔던 것이다.

제니리는 집이 미국이었기에 자연스럽게 찾아갔고.

의리를 무엇보다 중시하는 성품대로 채나는 그 자리에서
두 사람과 계약을 했고 한미래와 함께 자신의 쇼케이스 무대
에 게스트로 출현시켰다.

실력 때문이 아니라 먼 곳까지 찾아온 의리에 감복해서!

만약, 홍아영이 LA로 채나를 찾아갔다면 틀림없이 홍아영
도 캔 프로 소속 가수로서 쇼케이스 무대에 섰을 것이다.

"좋아! 깡패들이 득실대든 맹수들이 뛰어놀든 전화만 할
게 아니라 캔 프로에 직접 가보자. 가서 회사 분위기도 보고
책임자들을 만나보면 어떤 답이 나올 꺼다."

"그래요. 백날 전화만 해봤자 뭐해요. 게다가 이런 기분으
로는 도저히 집에 못 가요."

홍수길이 가장답게 결론을 내렸고 손정숙이 기다렸다는 듯 응했다.

쿡쿡쿡!

홍수길이 내비게이션을 눌렀다.

"경기도 광명시라? 도봉동에서 광명시면 끝에서 끝이구먼."

"캔 프로가 구리긴 구린가 봐! 무슨 연예 기획사가 경기도 깡촌에 있대? 강남이나 신촌 뭐 이런 데 있어야 정상 아냐?"

"흐흐흐, 가보자! 얼마나 구린지."

부루루룽! 홍수길이 시동을 걸었다.

"그, 근데 엄마! 그거 뭐야?"

"웬 커피 잔?"

"에그머니, 내 정신 좀 봐? 커피숍에서 그냥 들고 나왔네."

"킥킥킥! 커피숍 주인이 욕하겠다. 빨리 갔다 줘."

"어이구— 쌍놈의 캔 프로! 이놈의 회사 때문에 별 개망신을 다 당하네."

손정숙이 민망한 듯 캔 프로를 씹으며 황급히 승용차에서 내렸다.

커피숍에서 마시던 커피 잔을 그대로 들고 나올 만큼 손정숙은 흥분했다.

"어후! 무슨 날씨가 오후로 가면서 점점 더 추워지냐?"

손정숙이 이번에는 커피 잔 대신 신문을 한아름 안고 손을 호호 불면서 차에 올라탔다.

부우우웅!

그렌저 승용차가 부드럽게 출발했다.

"밖이 그렇게 추워?"

"응! 오늘 영하 15도까지 떨어진다고 하더니 장난 아니다."

"씨이이, 날씨까지 구리네!"

"근데 무슨 신문을 그렇게 많이 사왔어, 엄마?"

"혹시나 해서! 생방에서 잘렸던 쇼케이스 2부가 방영됐으니 어떤 다른 소식이 있을까 싶어서 말야. 한미래하고 제니, 국형이가 보였잖아."

"정말? 기자들이 어떤 기사를 썼을 수도 있겠다."

"그래! 생뚱맞게 병아리 가수 두 명이 게스트로 나왔으니 이상하잖아?"

손정숙이 채나 쇼케이스에 게스트로 출연한 제니리 등의 얘기를 하면서 신문 몇 장을 뒷좌석에 앉아 있는 홍아영과 홍아인에게 건네줬다.

"으악—"

끼이이이익!

느닷없이 신문을 펼쳐 보던 손정숙이 비명을 질렀고 홍수길이 깜짝 놀라 반사적으로 브레이크를 잡았다.

"왜, 왜 그래? 왜 그래, 당신?!"

홍수길이 갓길에 차를 세우며 소리쳤다.

"이, 이 기사들 보세요! 김 선생이 다시 세상을 뒤집었어
요."

"김 선생이 세상을 뒤집어?!"

"무슨 기사인데, 엄마?"

〈김채나 빌보드 차트 올킬!!!〉

빌보드 차트에 무려 다섯 곡씩이나 올려놓았던 스페셜 앨범은 예고
편에 지나지 않았다.

공포스럽게도 어제 뉴욕 빌보드 사에서 발표한 빌보트 차트 HOT
100에는 김채나 정규 앨범 1집 드라곤에 수록된 12곡 모두가 올라가
있었다.

1위부터 19위까지, 14위와 16위를 제외하고 모조리 김채나 노래로
도배를 했다.

이 전무후무한 쾌거는… (중략)

〈빌보드 차트인가, 김채나 차트인가?〉

재미있게도 김채나 정규 앨범 1집 2번 트랙에 수록된 '헤이 닥터'가
당당히 1위를 차지했고 타이틀곡인 '허리케인 블루'가 2위에 랭크된
것을 비롯해 12곡 전부가 순위에 올랐다.

더욱이 김채나 스페셜 앨범에 수록되어 무려 18주 동안이나 빌보드
차트 1위를 고수했던 공전절후의 명곡 '디어 마이 프렌드'는 5위에 올

라 여전히 맹위를 떨치고… (중략)

손정숙이 가져온 매일 스포츠를 비롯한 모든 신문에는 1면 머리기사로 주먹만 한 활자가 쾅쾅 찍혀 있었다.

〈세계 가요계를 향한 무력시위? 김채나 빌보드 차트 올킬!〉
〈갓 채나! 세계 가요계를 초토화시키다! 빌보드 1위부터 20위까지 싹 쓸이!〉
〈세상에 이런 일이? GOD 채나 빌보드 차트를 씹어 삼켰다.〉
〈이보다 더 위대한 뮤지션이 있을까! 외계인 김채나 노래로 지구정복!〉

홍아영의 가족들이 살펴본 모든 신문은 약속이나 한 듯 하나같이 1면 톱기사로 채나의 빌보드 차트 올 킬을 숨 가쁘게 쏟아내고 있었다.

기사 그대로 채나가 세계 가요계를 초토화시키면서 노래로써 지구를 정복하고 있었다.

세계 가요사를 모조리 다시 쓰는 역사적인 순간.

…….

승용차에 타고 있던 홍아영네 식구들은 한참 동안 말이 없었다.

채나의 가공할 능력에 할 말을 잃었다.

홍아영이 LA 채나 쇼케이스 무대에 서지 못한 것이 더더더 더더욱 아쉬웠고.

툭!

홍수길이 운전석에 붙어 있는 모니터를 켰다.

─물론 모든 음악 전문가가 예상을 했습니다. 하지만 이 정도까지 큰 반향을 불러일으키리라고는 아무도 예상을 못 했죠.

─이미 '드라곤'이 2억 장 이상 선주문이 들어올 때…….

─김채나 씨의 이 쾌거는 동양인은 절대 성공할 수 없다는 미국 대중음악계를 간단히 뒤집은 것은 물론 세계 대중음악계의 역사를 처음부터 다시 쓰는…….

─역시 김채나 씨는…….

TV에서 아나운서와 대중음악 전문가들이 모여 앉아 마치 제3차 세계대전이라도 터진 듯 난리법석을 떨었다.

부우우웅!

홍수길도 흥분이 되는지 마구 엑셀을 밟았다.

7장

꿈의 데뷔!

"풋! 김 선생님 재밌다. 내년에는 진짜 부자 되겠대?"

"어이구— 그럼 지금은 가난하다는 거냐, 뭐냐? 할아버님께서 남기신 유산만으로도 세계 제일 부자가 됐다는 뉴스는 또 뭐구?!"

"굉장하네요, 김 선생! 지금도 돈을 조폐공사에서 찍어내는 수준으로 벌어들인다면서, 원!"

"치이! 김 선생은 여전히 배가 고픈가 봐?"

홍아영네 식구들이 광명시 사거리에 위치한 '광명 채나빌' 건물을 쳐다보며 탄식을 했다.

새해 복 많이 받으세요! Happy new year!

제가 세계 가요사에 어떤 만행을 저지른 것일까요?

팬 여러분들이 계셨기에 빌보드 차트 올킬을 할 수 있었습니다.

내년에는 진짜 부자 되겠습니다.

우헤헤헤헤……

김채나 앨범에 관한 문의는 1577—****으로!

이런 문구가 인쇄된 현수막과 함께 LA 쇼케이스에서 선보였던 금빛 드레스를 걸친 채나의 모습이 거대한 포스터로 작업되어 걸려 있었다.

포스터가 얼마나 큰지 25층짜리 광명 채나빌 전체를 가릴 정도였다.

"아무튼 멋있다, 김 선생! 자기 노래로 빌보드 차트 1위부터 13위까지 쫘악— 줄을 세우더니 보란 듯이 광명 채나빌에 우뚝 서 있네!"

"저 정도 포스터는 붙여 줘야죠. 전 세계의 수많은 가수가 평생 빌보드 차트 옆에도 못 가는데 김 선생은 한 페이지도 부족해서 두 페이지를 채워 버렸잖아요."

홍수길과 손정숙이 좀처럼 포스터에서 눈을 떼지 못했다.

"근데, 김 선생한테 찬사를 받은 울 막내딸은 어떠신가?"

"줄 세우기까지는 몰라도 빌보드 차트 톱 텐에는 한 번쯤 올라가겠죠, 뭐!"

이어 홍수길과 손정숙이 미소를 띠며 홍아영을 슬쩍 쳐다 봤고.

"씨이! 이번 일이 해결돼야 빌보드구 케이팝이구 도전해 보지."

홍아영이 입을 불쑥 내밀었다.

"맞네! 우리는 지금 아영이 숙제를 풀기 위해 광명시까지 달려왔지?"

"숙제는 숙젠데… 여긴 웬 사람이 이렇게 많대요?"

"허어, 그러네! 대한민국 사람들 몽땅 광명시에서 새해를 맞기로 한 건가?"

"혹시, 오늘 또 광명시에서 김 선생님 플래시몹 있는 거 아 냐, 엄마?"

"정말? 빌보드 차트 올킬을 축하하기 위해 여기서 모임을 갖기로 했는지도 모르겠다."

한 해의 마지막 날.

경기도 광명시 사거리는 그야말로 북새통이었다.

사람뿐만 아니라 수백 대의 초대형 관광버스까지 몰려들 어 광명시청으로 가는 도로부터 개봉동 천왕동 쪽으로 빠지 는 도로까지 빽빽이 점령하고 있었다.

홍아영이 말한 대로 지난여름 수십만 인파가 몰려들었던 '김채나 광명 플래시몹'을 방불케 했다.

그때와 약간 다른 것이 있다면 밀려드는 사람들 사이에서 한국어뿐만 아니라 영어, 스페인어, 중국어, 일어 등 세계 각국의 말들이 튀어나오고 있다는 것이다.

"그러고 보니까 여기 광명시가 김 선생 성지였구먼!"

"호호, 진짜 그러네요. 이 사람들 모두 세계 각국에서 몰려온 성지순례객인가 봐요."

인파에 밀려 자신들도 모르게 광명 채나빌로 연결된 횡단보도를 건너오던 홍아영네 식구들이 몰려드는 사람들의 정체를 눈치챘다.

그랬다.

채나의 소속사인 캔 프로 사무실이 있는 광명시는 세계 각국에 퍼져 있는 채나교도들 사이에서는 유명한 성지였다.

연말연시를 맞이해 관광을 겸해서 찾아왔던 것이다.

길가에 늘어서 있는 초대형 리무진 버스를 타고.

시끌시끌! 번쩍! 번쩍!

한국 마사회 사격단 유니폼을 걸치고 공기 소총을 들고 있는 채나 모습이 그려진 입간판이 광명 채나빌 정문 앞에 우뚝 서 있었다.

채나교도들이 입간판을 배경으로 열심히 기념 촬영을 했고.

"저 가게는 뭔데 또 저렇게 사람들이 길게 줄을 서 있지?"

"뭐긴 뭐겠어요? 보나마나 김 선생 CD, MV 테이프 등을 판매하는 곳이겠죠."

마치 예정된 다음 코스처럼 1층에 자리 잡은 '채나 킴 전문 샵'이라는 간판이 걸린 가게 앞에 줄을 섰다.

채나 킴 전문 샵은 손정숙이 말한 그대로였다.

채나 음반부터 MV DVD, 테이프와 채나가 입었던 유니폼 이나 물품 등 각종 기념품을 판매하는 전문 매장이었다. 일류 백화점의 명품 매장처럼 광명 채나빌의 1층부터 5층까지 전부 채나 관련 상품으로 화려하게 자리 잡고 있었다.

펀치 드링크에 시달려 아이큐가 셰퍼드와 비슷해진 강 관장이 여전히 날카롭게 서 있는 돈 냄새의 촉을 십분 발휘해 오픈한 매장이었다.

결과는 초초초대박.

한국을 방문한 채나교도들이 꼭 들러야 하는 필수 코스가 됐다.

"마침 잘됐다. 김 선생 스페셜 앨범 초판 몇 장 사자."

홍아영네 식구들 또한 열렬한 채나교도였다.

가장인 홍수길은 앞에 '광' 자가 붙였고.

"아이, 아빠! 조금 있다 사."

"캔 프로 먼저 다녀오고!"

"그럴까? 근데… 우리 식구들 몽땅 올라가는 거 실례 아니냐?"

"됐어요! 깡패 소굴이라는데 쪽수라도 많아야 겁이 안 나죠. 떼로 몰려가요."

"우흐흐흐!"

홍아영네 식구들이 사람들을 헤치고 간신히 광명 채나빌 1층 로비 쪽으로 들어왔다.

"잠깐만요―"

막 홍아영이 엘리베이터 버튼을 누르려 할 때 뒤에서 굵직한 음성이 들렸다.

큼직한 주먹과 함께 강동주 체육관이라는 글씨가 수놓인 조금은 촌스러운 트레이닝복을 걸친 십여 명의 남자가 큼직한 박스가 가득 실린 십여 대의 핸드카를 밀고 왔다.

채나가 주먹과 몽둥이로 성실하게(?) 지도한 깐철이 일당이었다.

"죄송합니다. 급해서 그러는데 우리 먼저 좀 올라가겠습니다."

깐철이가 급히 19층 버튼을 누르며 말했다.

"같이 갑시다. 우리도 캔 프로 사무실에 가는 중이오."

홍수길이 미소를 지으며 대답했다.

"아, 그러세요!"

잠시 후, 깐철이 일당과 홍아영네 식구들이 엘리베이터를 탔다.

　"이 쭉빵 누나… 어디서 많이 본거 같네?"

　"홍아영 누나잖아! 바보야? KK팝에서 우승하신 분!"

　깐철이가 홍아영을 살펴보며 예의 붙임성 좋은 음성으로 쭉쭉빵빵 누나라고 불렀다.

　우식이가 한눈에 홍아영을 알아봤다.

　"헤에, 진짜? 안녕하세여, 아영이 누나! 저 서울체고 2학년 심병철입니다."

　"후우, 반가워요. 알아봐 줘서 고맙구요."

　깐철이가 반색을 했고 홍아영이 수줍게 인사를 했다.

　"누난 좀 늦으셨네요. 그저께 제니 누나하고 국형이 형 인사 왔었는데?"

　"……!"

　홍아영네 식구들이 움찔했다.

　"제, 제니하고 국형이 귀국했어요?"

　"예! 방송사에서 음악 프로 녹화 있대요. 매니저 아저씨하고 같이 왔었어요."

　"아, 네에!"

　미국에서 들어와 매니저까지 대동하고 방송사에 음악 프로 녹화를 하러 간다?

본격적으로 활동을 시작했구만!

곧 바로 홍아영네 식구들의 얼굴이 일그러졌다.

점점 더 홍아영이 제니리와 한국형에게 뒤지는 느낌이 들었기 때문이다.

"난 제니 누나나 국형이 형보다 누나를 훨씬 좋아해요. 특히 KK팝 결선에서 부른 '푸른 하늘을 다시 보렴'은 진짜 죽여줬어요!"

"지랄하네! 목소리보다 몸매가 육감적이라고 침을 줄줄 흘리던 시키가."

"이, 이 빙신이? 그런 말을 누나 앞에서 하면 어떡해!"

"속지 마십쇼. 이 시키는 노래보다 누나 얼굴하고 몸매에만 관심 있는 얼빠예요. 진짜 빠돌이는 저입죠."

"킥킥킥!"

뺀주가 깐철의 음흉한 속셈을 폭로하자 우식이와 뼁호가 낄낄댔다.

174센티의 글래머인 홍아영은 육감적인 몸매로 KK팝에 출연한 모든 멘티 중에서 펀포먼스가 단연 돋보였다.

어떻게 번호를 알았는지 벌써 깐철이 같은 빠돌이들이 마구 전화질을 해댔다.

"칭찬으로 받을게요. 근데 캔 프로에서 운동하세요?"

"히히! 캔 프로는 프로 선수들만 있어요. 우리는 고딩이에요. 강동주 체육관에서 운동하는 아마추어 복서죠!"

"아! 아마추어 복싱선수셨구나. 근데 이 박스는 뭐예요?"

"며칠 전부터 쨰나 음반 패킹 작업 알바 뛰고 있어요."

쨰나는 채나 누나의 줄임말로 깐철이 일당이 사용하는 어휘다.

"그, 그럼 이 박스들이 모두 김 선생님 CD예요?"

"예! 19층에서 작업하는데 광명시 사람 반을 동원했는데도 소화를 못 하고 있어요."

"아후후! 얼마나 주문이 많이 들어왔으면?"

"완전 울트라 초초초초대박이에요. 어제까지 1,800만 장이 들어왔대요. 한국에서만요."

"처, 천팔백만 장이나 들어왔어요?!"

"계속해서 주문이 쏟아진다니까 오늘은 더 늘었을 거예요. 덕분에 우린 어제부터 계속 날밤을 까고 있죠."

"후아아아아……."

홍아영네 식구들이 탄성을 토했다.

하늘 저편에서 들려오는 절대자의 명령 같은 소리.

순식간에 뇌리 속에 파고들어 인간의 모든 사고를 장악하고 감히 반항조차 할 수 없게 만드는 음성.

그 갓 채나가 부르는 노래에 수천만 명, 아니, 수십억 명이 열광하고 있었다.

띵똥!

벨 소리와 함께 엘리베이터 문이 열렸다.

깐철이와 우식이 등이 음반 박스가 가득 실린 핸드카를 밀고 내렸다.

홍아영네 식구들이 얼떨결에 따라 내렸다.

웅성웅성!

깐철이가 말한 대로 광명시 사람 반까지는 아니었지만 작업복을 걸친 수백 명의 남녀가 넓은 실내에서 채나의 음반을 박스에서 꺼내 분류를 하고 포장을 하고 있었다.

"캔 프로 사무실은 요기 21층에 있어요. 제가 안내해 드릴게요."

"네에! 고마워요."

홍아영의 얼빠인 깐철이가 가이드를 자청했다.

"우식아! 나 손님들 모시고 사무실에 잠깐 갔다 올게."

"응, 알았어!"

"저 개시키 또 땡땡이 친다."

"나쁜 놈! 과장님께 찔러서 알바비 왕창 까야 돼!"

깐철이가 활짝 웃으며 홍아영 등과 함께 계단을 올라갔고.

빼주와 뺑호 등이 툴툴거리며 핸드카를 밀고 작업실로 들어갔다.

"여기 20층은 강동주 체육관! 저랑 제 친구들이 운동하는 곳이죠."

"여기서 운동하시는구나?"

"체육관원들이 반나체인 관계로 견학은 패스!"

깐철이가 프로 작업꾼답게 슬쩍 홍아영의 손을 잡았다.

채나한테 야구방망이 찜질을 당했던 그 기술이었다.

"이곳은 국내 최고의 시설을 자랑하는 퀄리티 높은 헬스클럽이죠. 서울에서도 먹어주는 헬스클럽입니다."

"아후! 엄청 넓은 헬스클럽이네. 저 런닝머신 좀 봐봐!"

"아주 화려하구먼. 강남의 피트니스 클럽은 저리 가라야!"

"캔 프로 식구들이나 강동주 체육관원들은 공짜예요. 히히!"

홍아영네 식구들이 백여 명의 회원이 땀을 뻘뻘 흘리며 운동하는 헬스클럽을 살펴보며 감탄사를 연발했다.

깐철이가 보충 설명을 했고.

"23층으로 올라가시죠. 거기는 더 마음에 드실 거예요."

깐철이가 미소를 지으며 홍아영의 손을 잡아끌며 다시 계단을 올라갔다.

"요기는 캔 프로 선수들이 먹고 자고 쉬는 숙소예요. 세계 챔프가 무려 다섯 분이나 계시죠. 금녀의 집인 관계로 구경은 안 됨!"

삑 삑 삑!

깐철이가 22층에서 뛰다시피 걸어 올라가 유연한 손놀림으로 23층 벽에 붙어 있는 디지털 키를 눌렀다.

"히히! 제니 누나하고 국형이 형을 안내해 주면서 키 번호를 외웠어요. 앞으로 누나가 사용할 숙소예요."

"……!"

깐철이는 어디서 어떤 말을 들었는지 홍아영을 캔 프로 소속 연예인으로 착각하고 있었다. 그래서 열심히 캔 프로 시설들을 안내해 주고 있었던 것이다.

자연스럽게 작업도 하면서…….

"헤에? 우리 집보다 인테리어가 훨씬 고급스럽네."

"거실만 잠깐 둘러보세요. 음악실, 침실, 댄스 연습실, 사우나실 등등이 있는데 제겐 키가 없어요. 이따가 깡 대리님한테 말씀하시면 구경시켜 주실 거예요."

홍아영네 식구들이 호기심이 가득한 눈으로 소나무향이 진동하는 실내를 돌아봤다.

홍수길과 손정숙이 마주보며 아쉬운 눈빛을 교환했다.

캔 프로에 캐스팅되지 못한 홍아영에게는 그저 그림의 떡이었다.

깐철이가 손을 까불거렸다.

"그만 나가시죠! 여기가 끝이에요. 이 위 24층과 25층은 째나 개인 집이거든요."

"김 선생님 혼자 이 넓은 건물의 두 개 층을 몽땅 써요?!"

"여기는 좁은 거예요. 파주 채나원에 한번 가보세요! 얼마나 넓은지 놀러 갔다가 길을 잃어버려서 쪽팔려 뒈지는 줄 알았어요."

"아, 네……."

"그리고 아영이 누나! 조만간에 우리 친구들이랑 노래방 함 가요. 누나 노래 라이브로 듣는 게 제 소원이거든요."

깐철이가 홍아영의 손을 흔들며 작업을 마무리하기 시작했고.

"의외다. 난 병철 씨가 아영이 몸매를 라이브로 보는 게 소원일 줄 알았는데?"

홍아영의 언니인 홍아인이 초를 쳤다.

"이히히히히히! 제가 이번에 처음 태극 마크를 달았거든요. 올림픽 나가서 금메달 따면 누나한테 프로포즈할 거예요. 꼭 기다려 주세요!"

"후우, 네네네! 기다릴게요."

"조오기로 들어가세요, 누나! 저기가 캔 프로 사무실이에요."

"고마워요. 올림픽 금메달 홧띵!"

"히히히! 대한민국 가요계의 레전드, 홍아영 화이팅!"

홍아영과 깐철이가 활짝 웃으며 하이파이브를 했다.

간철이가 손을 흔들며 계단을 뛰어 내려갔다.

"요즘 애들 누가 말려? 고등학생 녀석이 저렇게 능글맞으니, 원."

"귀엽잖아? 올림픽에 나가서 금메달 따면 아영이한테 프로포즈하겠대!"

"기대된다. 진짜 쟤가 올림픽에서 금메달 땄음 좋겠다."

"네네, 꿈 깨시고 사무실로 가시죠? 홍아영 씨!"

손정숙이 홍아영의 머리를 콕콕 찌르며 캔 프로 사무실로 향했다.

작업복을 걸친 유승덕 전무와 신하식 과장 등이 사무실 여기저기에 채나 음반을 잔뜩 쌓아 놓은 채 땀을 뻘뻘 흘리며 패킹 작업을 하고 있었다.

"실례합니다."

"예에! 어떻게 오셨습니까?"

홍수길이 사무실로 들어서며 인사를 했고 신하식 과장이 짜증스럽게 대꾸했다.

"여기가 캔 프로모션 사무실 맞습니까?"

"예, 맞습니다! 저 굉장히 바쁘네요. 빨리 용건을 말씀하시죠."

"무슨 일이십니까? 제가 책임자입니다."

유승덕 전무가 수건으로 땀을 닦으며 다가왔다.

"어머! 홍아영 씨잖아?"

강 관장의 딸인 강조은 대리가 홍아영을 간단히 알아봤다.

"몇 번 전화하셨잖아요, 전무님! KK팝에서 우승한 매력적인 허스키 보이스의 주인공."

"아, 그렇군! 이쪽으로 좀 앉으시죠, 홍아영 씨!"

"죄송합니다. 김 회장님 음반 때문에 정신이 없네요."

유 전무와 신 과장이 홍아영네 식구라는 것을 알고 태도가 부드럽게 바꾸었다.

"몇 가지 여쭤보고 싶은 것이 있어서 들렀습니다."

홍수길이 지체 없이 용건을 밝혔다.

유 전무와 홍아영네 식구들이 예쁘게 포장된 박스가 잔뜩 쌓여 있는 테이블에 둘러앉았다. 홍아인은 자리가 부족해 그냥 서 있었다.

"실은 아영이 문제 때문에 상의드릴 일이……."

"무슨 말씀인지 잘 알겠습니다. 먼 길을 오셨는데 죄송합니다. 강 대리가 전화로 대답을 드린 것 같은데, 저희는 정말 아는 게 아무것도 없습니다."

홍수길의 말이 채 끝나기도 전에 유 전무가 말을 받았다.

프로복서 출신답지 않게 아주 차분한 말투였다.

"그, 그럼 어떤 분하고 말씀을 나눠야 됩니까?"

"당연히 김 회장님과 얘기를 하셔야 합니다."

"김 회장님이라면 김채나 선생님?!"

"예! 캔 프로 연예 부문은 그분이 오너시죠."

"아후— 김 선생님과 몇 번 통화를 시도했는데 아예 전화를 받지 않으세요."

답답한 듯 손정숙이 나섰다.

"그러셨군요. 실은 우리도 김 회장님 얼굴 뵌 지 오래됐습니다. 까놓고 말씀드려서 지금은 우리하고 별 관계가 없습니다. 그저 대외적으로 캔 프로 소속 연예인으로 알려졌을 뿐입니다."

"흐음, 잘 알겠습니다. 이렇게 불쑥 찾아와서 대단히 죄송했습니다."

"무슨 말씀을! 도움이 못 돼서 미안합니다."

와장창!

막 유전무와 홍수길이 악수를 나눌 때 큼직한 철제 의자 하나가 사무실 유리창을 박살 내며 날아들었다.

"좃승덕이— 너 씨발 놈! 자꾸 사람 물 먹일래?!"

캔 프로 호남지사 노봉호 사장이 십여 명의 덩치와 함께 씩씩대며 들어왔다.

"야이, 씨발 놈아! 여기저기 섬 지방까지 보내야 하니까 하루 이틀만 빨리 물건을 맞춰 달라고 그렇게 사정했잖아?"

"나보고 어쩌라고? 공장에서 기계가 고장 나 물건이 늦게 나온다는데 내가 뭘 어떡해, 개새끼야!"

유 전무가 발작적으로 몸을 일으켰다.

"허허허! 웃음밖에 안 나오네. 서울 경기 중부권 물건은 어젯밤에 다 맞췄담서? 왜 우리 호남지사 물건만 빵꾸 난다냐? 시방 왜 울 물건만 빵꾸 나냐구 물었어, 쓰벌 놈아!"

"내가 박 상무한테 사정을 설명했잖아, 미친 새꺄! 우리 서울 본사 물건도 다른 공장에 부탁해서 간신히 맞췄다니까!"

"물러, 씨벌 놈아! 정확히 72만 장 부족하니까 당장 내놔."

"아놔, 이 십새끼는 진짜 답이 없어. 없는 물건을 내가 무슨 재주로 주냐고?"

"본사 물건을 돌려주면 되잖아? 낼 새 물건 나오면 메꾸고!"

"그건 절대 안 됩니다, 형님! 교보나 이마트 같은 거래처는… 끄윽!"

신 과장이 열이 받는 듯 끼어들었고.

노 사장이 발길로 신 과장 가슴을 그대로 내질렀다.

"이 싸가지 없는 놈 보소이? 대가리에 피도 마르지 않는 새끼가 어른들 말씀허시는디 감놔라 대추놔라 허는 거냐, 시방? 뒈지고 잡냐, 아그야?"

"죄, 죄송합니다. 형님!"

일순 노 사장이 살기를 띠었고 신 과장이 재빨리 사과를 했다.

"크흐흐! 이젠 이 새끼도 대가리 컸다고 쌍지팡이 들고 나서부네이?"

쾅쾅! 노 사장이 진한 호남 사투리를 쏟아내며 주먹으로 벽을 마구 쳤다.

"김 회장이 이런 꼴을 봤어야 하는디 말여! 내가 미쳐 분다 미쳐 불어! 비린내 나는 새끼까지 기어오르고 씨벌!"

그때, 홍수길이 홍아영 등을 보며 눈짓을 하고 조용히 사무실을 빠져나갔다.

부우우웅!

홍수길이 운전하는 검은색 그렌저 승용차가 광명시를 떠난 지 이십 분이 넘었건만 차에 탄 누구도 입을 열지 않았다.

아니, 충격이 너무 커서 입을 열지 못했다.

홍아영네 식구들은 흡사 냉동실에서 일하는 인부들처럼 얼굴에 허옇게 서리가 끼고 고드름이 얼어 있었다.

홍수길은 이름만 대면 다 아는 모 교회의 장로였다.

식구들 모두 독실한 크리스찬이었다.

평소 홍아영네 식구들은 욕은커녕 목소리 한 번 크게 높이지 않았다.

한데 캔 프로 사무실에서 의자가 날아가고 발길질이 오가는 조폭 영화에서 봤던 장면.

그 장면을 실제로 목격했으니!

컬처 쇼크, 문화적인 충격이 따로 없었다.

"아영아!"

"나나나― 난 못해. 캔 프로에 가느니 차라리 가수 때려치울래!"

홍수길이 긴 침묵을 깼을 때 홍아영이 단호하게 말했다.

"아빠가 하고 싶었던 말이다. 캔 프로는 사탄의 놀이터다."

"아, 아직도 몸이 부들부들 떨려요. 무슨 그런 사람들이 다 있대요?"

"캔 프로 직원들은 말보다 주먹이 앞서는 쓰레기들이라더니, 사실이었어!"

홍아영네 식구들이 캔 프로의 실체를 목격하고 치를 떨었다.

겨우 오픈 게임을 보고서 말이다.

"정말 김 선생 대단한 양반이다. 어떻게 저런 짐승우리 속에서 아무 탈 없이 활동을 할 수가 있었지?"

홍수길이 핸들을 잡은 채 고개를 홰홰 저었다.

"김 선생님이 저 작자들보다 더 깡패니까 그렇지!"

홍아영이 채나의 정체를 익히 알고 있는 듯 서슴없이 말을 뱉었다.

"뭐— 어? 불면 날아갈 듯 야리야리한 몸에 무슨 힘이 있다고 그런 소리를 해?"

"전 세계 맞짱의 일인자니 하는 소리가 사실이었니?"

"그런가 봐! KK팝 녹화할 때 보면 남자 PD고 누구고 김 선생님하고 감히 눈을 마주치는 사람을 못 봤어."

"그, 그래?!"

"하긴 블랙엔젤 촬영 현장에서도 완전 대장이라더라!"

"그 무슨 이씹팔단인가 이 사범인가 하는 깡패가 김 선생이 휘두른 삽자루에 맞아 오줌을 줄줄 쌌대."

묘하게도 홍아영네 식구들의 화제가 채나의 무용담으로 옮겨갔다.

이씹팔단의 삽자루 똥오줌까지 아주 상세히 밝혀지고 있었다.

더불어 캔 프로 사무실에서 목격했던 조폭 영화를 조금씩 지우기 시작했다.

"다 좋은데 우리 기억은 하자."

"우리가 광명시까지 온 것은 캔 프로의 실체를 파악하기 위해서가 아니잖아?"

"KK팝에서 1등한 아영이를 젖혀두고 제니와 국형이가 캐스팅된 이유를 알기 위해서다."

홍수길과 손정숙이 어른들답게 오늘 캔 프로를 찾아온 목적을 상기시켰다.

"뭐, 광명시에서 얻은 소득은 있었다."

"제니와 국형이가 확실하게 캔 프로에 캐스팅됐고 캔 프로는 깡패조직이라는 것."

홍수길이 부연설명을 했다

뿡뿡뿡!

홍아인이 휴대폰 다이얼을 눌렀다.

"누구한테 거는 거야?"

"구로동 껑다리 아줌마. 김채나 사단의 참모장!"

"연필신 선생님께?"

"이왕 일을 시작했는데 어떻게든 끝을 봐야지."

"언니랑은 잘 모르는 사이잖아? 대학교 동기긴 하지만……."

"지난번에 너 응원 갔다가 정식으로 인사했어. 매니저인 선욱이하고 맥주도 한잔 마셨고! 우리 학교 출신들이 끈끈한 데가 있어. 분명히 만나는 줄 거야. 김 선생하고 전화 연결 정도는 해줄 거구."

홍아영의 언니인 홍아인은 고려대학교 행정학과를 졸업하고 대한항공사에서 근무하고 있었다. 연필신과 고려대학교 동기였다.

"좋은 생각이다. 연 선생과 김 선생은 둘도 없는 친구 사이라니까 충분히 얘기가 돼."

홍수길이 반색했고.

"그래, 선욱아! 필신이 바꿔줄 수 있어?"

홍아인이 연필신의 매니저인 하선욱과 통화를 했다.

"정말 잘됐다. 축하해! 어디 영등포 신세계? 알았어. 당장 그리로 갈게."

연필신과 간단하게 얘기를 끝내고 휴대폰을 끊었다.

"뭐래? 연 선생님이 영등포 신세계에서 만나재?"

"역시 고대 나온 여자야! 일산 DBS에서 무슨 상인가를 받고 여의도 KBC로 녹화하러 가는 길이래. 용건조차 물어보지 않고 오랜다. 우리 학교 출신들이 의리가 으리으리하다니까!"

연필신의 대학 동기 홍아인이 어깨를 으쓱했다.

홍아인도 연필신처럼 고려대학교 출신이라는 것을 아주 자랑스럽게 생각했다.

연필신이 두툼한 오리털 롱코트에 목도리를 칭칭 감은 채 매니저인 하선욱과 운전기사 겸 보디가드인 서영문 팀장과 함께 영등포 신세계 백화점 스카이라운지에 들어섰다.

이점이 바로 연필신이 ㈜CHOI 기획과 계약을 하면서 크게 달라진 점이었다.

보디가드와 운전기사가 붙었다.

또 결정적으로, 현대 의술의 힘을 빌렸는지 얼굴 전체에 광범위하게 분포(?)돼 있던 주근깨가 보이지 않았다.

주근깨가 사라져서 그런지 아주 세련돼 보였고 연예인 티가 팍팍 풍겼다.

"안녕하셨어요, 아인이 어머님, 아버님! 아인이네 가족들은 여전히 단체 행동을 하시네요."

뚝배기 깨지는 듯한 목소리는 여전했다.

연필신이 하선욱과 같이 인사를 했고 서영문 팀장과 함께 자리에 앉았다.

"반갑습니다, 연 선생! KK팝 끝나고 처음 뵙습니다."

"바쁜데 불러내서 미안해, 필신아, 선욱아!"

"죄송해요! 제가 선생님께 부탁이 있어서 언니를 졸랐어요."

"괜찮아, 괜찮아! 지금 막 DBS에서 라디오 DJ부문 대상을 받아서 기분이 업되어 있거든."

"축하해! 대체 올해 상을 몇 개나 받는 거야?"

"큭큭… 옛날에는 그렇게 상 달라고 울고불고해도 주지 않더니 올해는 여기저기서 상 받으라고 난리야. 벌써 일곱 개째다."

"오늘 밤 KBC 코미디 부문 대상도 예약됐으니까 여덟 개

받은 거나 진배없죠, 뭐."

하선욱이 이번 연말에 연필신이 받은 상의 숫자를 정확히 가르쳐 줬다.

"세상에, 8관왕이네요?"

"정말 축하합니다!"

"네에, 감사합니다."

홍아영네 식구들이 이구동성으로 인사를 했다.

8관왕이 아니라 10관왕이었다.

인터넷 포털 사이트 두 곳에서 연필신을 올해의 개그맨으로 선정했기 때문이다.

채나가 미국으로 건너가 빌보드 차트를 싹쓸이할 때 연필신은 대한민국 개그계를 평정하고 있었다.

㈜CHOI 기획에서 연필신에게 50억을 안겨줄 때는 다 이유가 있었다.

"아인 언니! 필신 언니 30분밖에 시간 없어. 빨랑 용건을 얘기해."

"응응 그래!"

하선욱이 재촉했고 홍아인이 이미 할 말을 생각해 놓은 듯 빠르게 말을 끝냈다.

"…이상하네. 김 회장이 어떤 생각에서 그렇게 결정했지?"

연필신이 고개를 갸우뚱했다.

연필신은 전 국민 오디션 프로라는 월드 KK팝 시즌1의 사회자였고 시즌2에도 이미 사회자로 내정돼 있었다.

당연히 홍아영이나 제니리, 한국형의 노래 실력을 아주 잘 알았다.

그동안 꾸준히 지켜봤고 채나를 비롯한 심사위원들에게 많은 얘기를 들었기 때문이다.

연필신은 우승을 한 홍아영의 실력이 단연 뛰어나다고 생각했다.

쭉쭉빵빵한 몸매나 특이한 허스키 보이스 또한 대중성이라는 점에서 확실했다.

서울대학교 재학생이라는 점은 절대 무시 못 할 프리미엄이었고.

그런데 정작 채나는 홍아영을 선택하지 않았으니…….

그리고 연필신은 이런 공개석상에서는 절대 채나의 별명을 부르지 않았다

꼭 김 회장이란 호칭을 썼다.

공사를 구분하는 철저한 관리가 연필신을 올해의 개그맨으로 만들었다.

"빵 부장한테 전화해 봐."

"미국은 지금 새벽일 텐데요, 언니?"

"상관없어. 채나는 언제나 새벽 4시에 기상이야."

0시 취침, 오전 4시 기상은 채나의 오래된 습관이었다.

채나의 전직 매니저인 연필신은 이 습관을 잘 알고 있었다.

"……!"

"왜에?"

하선욱이 눈을 동그랗게 뜬 채 휴대폰을 끄자 연필신이 채근했다.

"미, 미국 대통령님과 조찬 중이시라는데요? 채나 언니!"

"뭐어ㅡ? 미국 대통령과 아침 먹고 있다고?!"

"네에! 빵 부장이 분명히 그렇게 말했어요."

"킥킥! 역시 고품격 개그우먼 연필신이 베프야. 그냥 미국 대통령하고 밥 먹고 있잖아?"

…….

미국 대통령과 아침 식사 중.

이 말이 떨어지기 무섭게 주위가 조용해졌다.

사실이었다.

채나는 지금 텍사스 주 달라스 시 근교의 멋진 스테이크 집에서 아침 식사를 하고 있었다.

존 하워드 미국 대통령 지미페이지 회장 민광주 의원 등과 함께였다.

소문과 달리 작은 만두만 한 스테이크를 보고 눈꼬리가 가늘어지기 시작했다.

방그래는 미국 대통령과 같은 장소에 있다는 것 자체가 긴장이 되어 비지땀을 훔치며 스테이크 집 지하실에 숨어 있는 쥐 소리로 전화를 받았고.

"미안하다, 아인, 아영! 통화 불가다. 들었다시피 김 회장이 지금 미국 대통령과 밥 먹고 있대. 울 나라 대통령이 아니라 미국 대통령하고!"

연필신이 활짝 웃으며 미국 대통령을 강조했다.

"열심히 건강관리해서 오래 살아야겠어. 미국 대통령과 밥을 먹는 친구를 뒀으니 언젠가 한 자리 주겠지. 큭큭큭큭!"

생각할수록 기가 막힌지 괴상한 웃음을 마구 터뜨렸다.

주근깨가 사라졌어도 구로동 꺽다리 아줌마는 분명했다.

"김 선생 정말… 굉장하네."

"할 말이 없다. 미국 대통령과 식사 중이라는데 뭘 어째?"

홍아영네 식구들이 질린 듯 입을 꽉 다물었다.

"김 회장 말이 아니고 내 말이니까 정답은 아니지만 모범답안은 될 거야."

연필신이 평소 성격대로 바로 본론으로 들어갔다.

"……!"

홍아영네 식구들이 연필신의 입을 주시했다.

"10월달인가? KK팝 멘토들 회식이 있었어. 멘티들 캐스팅

문제가 화제였지. 최영필 선생님이나 마마 언니, 준사마 등이 몇몇 멘티를 거론하면서 캐스팅 의사를 밝혔어."

"제, 제 이름도 나왔어요. 연 선생님?"

홍아영이 궁금증을 참지 못하고 연필신의 말을 끊었다.

"그래! 니가 가장 많이 거론됐을 거다."

"저, 정말요?"

"근데 김 회장은 회식이 끝날 때까지 한마디 말도 하지 않더라구. 정말 한마디도 하지 않고 죄 없는 암소만 죽였어."

연필신이 홍아영의 말을 무시하며 말을 이어갔다.

"회식이 끝날 때 쯤 내가 궁금해서 물었어. 멘티 중에 마음에 드는 친구가 없냐고!"

"그랬더니?"

"핏덩이가 싸가지 없이 기어올라?"

연필신이 재깍 말을 받았다

"예! 그 작자들은 그렇게 생각하죠. 만약 아영 씨가 지금처럼 연필신 씨 등을 통해 김 회장님을 뵈었거나 통화를 했을 때 김 회장님이 얼굴이라도 한번 찡그리면 아영 씨는 바로 날아갑니다. 아첨꾼들이 김 회장님께 잘 보이려고 그렇게 합니다."

"청와대 비서관이란 작자가 대통령께 잘 보이려고 김 회장을 '우스타'에서 퇴출시킨 것과 같은 맥락이네요?"

"바로 그렇습니다."

서 팀장과 연필신이 묵직하게 말을 주고받았다.

"근데, 김 회장에게 아부하는 사람이 그렇게 많을까요, 서 팀장님?"

"지독하게 많죠! 가까운 예로 3억이 넘는다는 김 회장님 팬덤이 있지 않습니까?"

"흑!"

서 팀장이 채나 팬덤을 거론하자 연필신이 마른 비명을 터뜨렸다.

더 이상 설명이 필요 없었다.

3억을 상회한다는 김채나 팬덤.

그들에게 채나는 신(神)이었다.

홍아영이 신에게 불경죄를 범했다는 소문이 퍼지면 이 광신도들은 즉각 홍아영의 삼족을 멸할 것이다.

"현재 방송사 고위층이나 스포츠계 대장들은 말할 것도 없고 문화계, 경제계, 정치계 등 우리나라 각계의 지도층은 몽땅 김 회장님께 잘 보이려고 하고 있습니다. 소문에 의하면 미국 정부에서도 김 회장님께 잘 보이려고 노력한다더군요. 예정된 세계 제일 부자니까요!"

"⋯⋯!"

서 팀장이 연예계의 이무기답게 냉철하게 현실을 분석하

며 홍아영에게 충고를 해줬다. 겉으로 그렇다는 말이다.

속으로는 홍아영이 같은 왕초보 연예인 때문에 만에 하나라도 연필신과 채나 사이가 틀어질 것을 우려했다.

서 팀장은 연예계 밥 이십 년을 먹으면서 나쁜 꼴을 너무 많이 봤다.

"10억만 날렸다?"

"연 선생 말대로라면 멘티들 누구도 김 선생 마음에 들지 않았다는 말이네요."

"약간 위로가 되네. 김 선생이 아영이보다 제니나 국형이가 뛰어난 실력을 지니고 있어서 캐스팅한 게 아니라는 것이 확실하게 밝혀졌으니까."

신세계 백화점 지하 주차장에서 홍아영네 식구들이 일회용 커피 잔을 든 채 진지하게 대화를 나눴다.

"좋아! 어느 정도 실마리가 잡혔으니까 이쯤에서 아영이 문제는 접자."

홍수길이 결론을 내렸다.

"네에, 그렇게 해요! 서 팀장 말대로 괜히 김 선생 귀찮게 했다가 아영이가 다치면 어떡해요? 아까 캔 프로 깡패들을 보고 연예계가 얼마나 살벌한지 충분히 알았어요.

"그래, 아영아! 김 선생 베프인 필신이가 모든 일을 확실하게 처리해 준다고 했잖아? 좀 기다려 보자."

홍아인이 홍아영의 집요한 성격을 알고 살살 달랬다.

1등 한 난 왜 이 추운겨울에 지하 주차장에 있어야 되지?

2등 3등을 한 제니와 국형이는 불타는 연말을 보내고 있고?

"흑흑흑!"

홍아영이 끝내 울음을 터뜨렸다.

홍아영은 이제 만 열아홉 살이었다.

아직 어렸기에 사회를 이해하지 못했다.

서 팀장의 충고나 연필신의 약속도 귀에 들어오지 않았다.

당장 결판을 내야 했다.

"흑흑… 선생님이세요? 아영이에요. 홍아영이! 저 밥 좀 사주세요 선생님!"

"……!"

돌연 홍아영이 울면서 누군가와 통화했다.

"고맙습니다, 선생님."

홍아영이 눈물을 훔치며 전화를 끊었다.

"아빠! 우리 학교 쪽으로 가. 선생님이 순대볶음 사준다고 신림동 순대타운으로 오래."

홍아영이 장착한 또 하나의 막강한 무기.

대단하게도 홍아영은 국립 서울대학교 기계공학과 2학년

에 재학 중이었다.

신림역 근처에 있는 신림동 순대타운은 신당동 떡볶이 집만큼이나 유명한 맛집이다.

홍아영이 서울대학교에 합격한 날 홍아영네 식구들이 몽땅 몰려가서 백순대를 실컷 먹은 곳이었다.

부우우웅!

잠시 후, 홍수길이 운전하는 그렌저 승용차가 남부순환도로를 달려갔다.

"선생님이 누군데… 너를 그쪽으로 오라고 하니?"

손정숙이 홍아영의 눈치를 살피며 조심스럽게 물었다.

"누구긴 누구야 마마 선생님이지!"

홍아영이 차창 밖을 쳐다보며 퉁명스럽게 대답했다.

"마, 마마 선생님?!"

"영화배우 빅마마 박지은 선생 말이냐?"

홍수길 등이 화들짝 놀라며 되물었다.

"그래! 우리 학교 교수 채용 문제 때문에 지금 학내에 있으시대."

홍아영이 침울한 얼굴로 대답했다.

게는 가재편이라고 박지은은 KK팝에 출전한 수많은 멘티 중에서 서울대학교 후배인 홍아영을 가장 아꼈다.

채나 등 심사위원들에게 홍아영의 점수를 후하게 주라고

노골적으로 압력을 넣었다.

어쩌면 홍아영이 KK팝에서 우승한 것은 박지은이라는 빽그라운드가 있었기에 가능했는지도 몰랐다.

그 사실을 홍아영이나 홍아영네 식구들은 너무 잘 알았다.

한데 박지은이 대체 누군가?

동양제일미인 국민배우 빅마마였다.

홍아영이 지금처럼 전화 한 통화로 만날 수 있는 존재가 아니었기에 홍수길 등이 화들짝 놀랐던 것이다.

"오오, 맞아! 서울대학교에 예술대학이 생긴다고 했지? 박 선생하고 김 선생을 채용했다가 김 선생은 놓치고 박 선생만 겨우 잡았다고 매스컴에서 비웃듯 떠들었어."

"오늘 총장님하고 미팅 때문에 학교에 오신 모양이구나?"

홍아영네 식구들이 그제야 박지은과 홍아영이 통화가 된 이유를 알았다.

정말 그랬다.

홍아영이 전화를 했을 때 박지은은 막 서울대학교 총장실에서 미팅을 끝내고 나오는 길이었다. 매니저인 노민지가 코트를 입혀주는 순간 전화가 왔다.

박지은은 오늘 서울대학교 총장과의 만남을 끝으로 내년 1월 15일부로 서울대학교 예술대학 영화학과 전임강사가 된다.

아버지와 오빠들의 압력 때문에 어쩔 수 없이 교수직을 수락했다.

채나를 끌어들일 계획을 확실하게 짰고!

"마마 선생님이 왜 학교에 오셨는지 그건 나도 잘 몰라!"

홍아영이 박지은과 만나기로 약속을 해서 기분이 풀리는지 말투가 사근사근해졌다.

"씨이! 최후의 내 필살기야. 마마 선생님은 우리 학교 선배님이고 나를 엄청 예뻐하시니까 어떻게든 나를 도와주실 거야."

"박 선생뿐만 아니라 주님도 널 도와주시나 보다! 박 선생 만나기가 하늘에 별 따기보다 어렵다는데 이렇게 쉽게 약속이 된 것을 보면 말야."

"느낌이 좋아. 박 선생 말이라면 김 선생도 절절매더라, 박렐루야. 후후후!"

홍아영이 할렐루야 대신 박지은을 찬양하는 박렐루야를 외쳤다.

하지만 홍아영의 행운은 딱 여기까지였다.

박렐루야 또한 없었다.

박지은에게 도움을 청하러 신림동 순대타운으로 갔던 홍아영네 식구들은 오히려 박지은을 도와줘야 될 형편이었다.

박지은이 팬들에게 포위된 채 신림동 순대타운 앞길에서

텐트와 난로까지 켜놓고 사인을 해주고 있었다.

구라를 좀 섞어서 팬들이 신림동에서 방배동까지 줄을 서 있었다.

박지은이 채나처럼 자신의 정체성을 잠깐 잊은 대가였다.

"이제 둘 중 하나다."

"아영이 니가 선택해. 연 선생한테서 연락이 올 때까지 기다릴래? 미국으로 직접 김 선생을 만나러 갈래?"

홍수길과 손정숙이 입을 맞춘 듯 거침없이 의견을 제시했다.

전라도 순창 백순대라는 간판이 걸려 있는 식당 안이었다.

"내 생각엔 무조건 김 선생을 만나야 해결될 것 같다."

언니인 홍아인이 미국행을 찬성했다.

"미국에 가서 김 선생님을 만나는 게 좋을 것 같아. 나두……."

홍아영이 결국 미국행을 결심했다.

김채나, 한미래와 함께 한국 가요계의 트리플 디바가 탄생하는 순간이었다.

"좋아! 이참에 미국으로 가족 여행 한번 가지 뭐!"

"그럼 일단 미국 가는 건 결정됐네."

"근데 미국행 경비는 어떻게 할 거야? 왕복 비행기 티켓값

하고 숙식비까지 합치면 제법 될 텐데… 게다가 네 명이면?!'

갑자기 홍아인이 미국행 경비를 걱정했다.

돈을 주지 않으면 한 발짝도 움직이지 않는 무서운 가족들이었기 때문이다.

"녀석아! 할머니도 모시고 가야지."

"희표는? 군대 간다고 휴학 중인데 무조건 데리고 가야잖아."

"그럼 모두 여섯 명. 두당 220에서 250. 최하 1,500만 원이나 드네. 장난 아니다 이거!'

홍아인이 슬쩍 홍아영을 바라보며 얼굴을 찌푸렸다.

"너희도 알다시피 아빠는 이 년 전에 정년퇴직했다. 현재는 실업자고!'

"엄마 통장에는 1,500원쯤 있을 거야."

"나는 모아 놓은 돈이 좀 있지만 그거 시집갈 때 써야 돼."

"그, 그럼— 나보고 어쩌라고?'

홍아영이 생애 최초로 소리를 꽥 질렀다.

"현재 스코어 우리 집안에서 가장 부자는 아영이 너다. 엄청난 현찰을 통장에 쌓아 놓고 있잖아."

"히히힝힝! 결국 내가 KK팝에서 탄 상금을 쓰자는 거야?!'

막내 홍아영이 이제야 상황 파악을 했다.

홍아영의 엄마와 아빠 언니는 미국행을 거론할 때 이미 홍아영이 꼬불쳐 놓은 상금을 염두에 두고 있었다.

"딱 1,500만 쓰자. 아영이 너도 이제 엄마 아빠한테 효도할 나이가 됐어. 해외여행 한 번쯤 보내줄 때도 됐고."

"솔직히 섭섭했다 홍아영! 상금을 5억씩이나 받았으면 식구들한테 조금은 베풀어야 하는 거 아니냐. 아무리 우리 가족이 전국적으로 알려진 무서운 가족이라지만 말야."

홍아영의 아빠 엄마가 정색하고 말했다.

"무, 무슨 5억이야 세금 떼고 겨우 4억 6천 입금됐어!"

"겨우 4억 6천?? 기가 막혀서! 난 직장생활 삼 년 동안 모은 돈이 고작 3천이야."

"……."

"월차, 연차까지 물 쓰듯 쓰면서 사랑하는 동생 홍아영의 응원에 매달렸다. 그 정도면 미국 여행 한 번쯤 시켜줄 공은 세웠지 뭐."

"아후후후후— 막 피가 빨리고 뼈가 부서져 나가는 것 같다!"

홍아영이 정말 뼈가 부서지는지 몸을 부르르 떨었다.

"아인아! 여행사에 연락해라. 가장 빠르고 가장 싼 LA행 티켓 예약해!"

"무슨 여행사에 연락을 해? 내가 항공사 직원인데 우후후후……."

"그렇구나! 우리 큰따님이 대항항공사 발권부에 근무하고 계셨지."

"호호호! 인간지사 새옹지마라더니 일이 꼬이면서 우리 가족이 결국 미국 여행을 떠나네."

"아이, 몰라 뭔가 이상해! 아주 잘 짜여진 음모에 빠진 것 같아."

홍아영이 찝찝한 기분을 떨치지 못하고 투덜거렸다.

홍아영의 예감은 적중했다.

이런 줄거리의 음모는 아니었지만 홍아영네 식구들은 어떻게든 홍아영이 꼬불쳐 놓은 돈을 빼내 해외여행을 가기로 약속돼 있었다.

"넌 그게 탈이다. 추리소설을 너무 많이 봤어."

"우리 집안에 그 정도로 머리 좋은 사람은 서울대학교 재학생인 너밖에 없지 싶다."

"어, 언니! 비즈니스 이런 거 말고 이코노미 이런 거로 해. 호텔도 별 세 개쯤 허름한 곳으로 예약하구."

홍아영이 항복하고 경비를 한 푼이라도 절약하는 쪽으로 작전을 바꿨다.

역시 무서운 가족이었다.

홍아영의 아버지는 국민은행 본점에서 저축부장으로 정년 퇴직을 했기에 매달 300만 원쯤 되는 연금이 나왔다.

엄마인 손정숙은 노후자금으로 쓴다는 명분하에 꿍쳐 놓은 돈이 1억 원이 넘었다.

언니인 홍아연은 며칠 전 대한항공사에서 150%나 되는 연말 상여금을 받았다.

하지만 이들은 십 원 한 푼 내지 않고 막내인 홍아영의 주머니를 털었다.

상금을 5억씩이나 받고 삼겹살 몇 근으로 땡 친 홍아영도 만만찮았지만!

장차 김채나, 한미래와 함께 대한민국 가요계의 삼대 디바로 불리게 될 홍아영의 데뷔는 이렇게 파란만장했다

8장

멧돼지 사냥대회

따따따! 땅! 탕!

마법의 카페트나 천마를 타고 하늘을 나는 꿈을 실현시킨 수단이 바로 헬기다.

콩 볶는 듯한 소리와 함께 헬기 석 대가 삼각편대를 이뤄 허공을 날아갔다.

중앙의 헬기는 올해 미국 더글러스사에서 출시된 최신형 15인승 헬기 DAS15였다.

좌익과 우익에는 군용 아파치 헬기 AH―64D가 포진하고 있었다.

30미리 체인 건에 헬파이어 미사일과 레이더까지 장착된 그 유명한 미국산 헬기.

놀랍게도, 이 아파치 헬기에는 적, 백, 청으로 채색된 방패에 의해 흰머리 독수리가 보호받는 형상인 미국대통령 문장이 새겨져 있었다.

두두두두두!

헬기 소리에 놀란 이십여 마리의 멧돼지가 미친 듯이 들판을 뛰어갔다.

탕탕!

야구 모자를 거꾸로 쓴 채나가 안전벨트를 동여맨 채 DAS15 헬기에 앉아 세계에서 가장 많이 팔린 산탄총이라는 레밍턴 870을 들고 들판을 달려가는 멧돼지를 향해 발사했다.

따따따땅!

채나의 건너편에서는 하워드 미국 대통령이 최신형 M16A4 소총으로 멧돼지를 겨냥한 채 부지런히 쏘아댔다.

미국의 대표적인 군수산업체인 더글러스의 회장이자 텍사스 석유 재벌인 지미 페이지 회장은 새해가 되면 자신이 후원하는 정치가들을 텍사스의 개인 사냥터로 초대했다.

그 옛날 카우보이들처럼 총을 들고 말을 탄 채 들판을 누비면서 사냥을 즐겼다.

사냥이 끝나면 잡아온 사냥감을 요리해서 긴 오찬 시간을 가졌다.

오찬이 끝나면 페이지 회장의 저택으로 이동해 만찬을 함께한 후 와인을 한잔씩 하면서 덕담을 나누다가 헤어졌다.

집에 돌아갈 때 정치가들의 주머니에는 두둑한 거마비가 담겨져 있었다.

거마비가 얼마나 짭짤한지 초대받은 정치가들이 고용하고 있는 스태프들의 일 년 치 봉급을 주고도 남았다.

당연히 정치가들은 페이지 회장의 텍사스 사냥터에 초대받기를 철야로 기도했다.

하루 종일 사냥을 하고 먹고 마시다가 집에 돌아올 때는 주머니가 찢어질 만큼 후원금 챙겨왔으니 기다릴 수밖에 없었다.

예외 없이 올해도 첫 번째 초대 손님은 텍사스 출신의 존 하워드 미국 대통령이었다.

그다음은 켐벨 텍사스 주지사와 두 명의 텍사스 주 상원의원이었고.

굳이 한 명을 더 꼽으라면 페이지 회장이 사는 동네를 기반으로 활동하는 플라워 하원의원이었다.

페이지 회장이 올해 초대하려고 작성해 놓은 손님의 명단이었다.

한데 지난 연말 하워드 대통령이 직접 페이지 회장에게 전화를 걸어 채나를 초대해 줄 것을 간곡히 부탁했다.

음악하는 정치가요 노래하는 장사꾼!

페이지 회장이 기다렸다는 듯 승낙했다.

거기에 초대 손님 중에는 미나리 밭에 거머리처럼 대한민국의 대통령 후보인 민광주 의원이 끼어 있었다. 말을 타지 못하는 민광주 의원 덕에 텍사스 광야에서 행하던 원래의 사냥 방식이 약간 바뀌었다.

이렇게!

타타타타! 두두두둑!

요란한 프로펠러 돌아가는 소리와 함께 황소만 한 멧돼지 떼가 푸릇푸릇 새싹이 돋는 광야를 질주했다.

탕! 탕!

총소리와 함께 질주하던 멧돼지 두 마리가 피를 뿜으며 그대로 뒤집어졌다.

채나 솜씨였다.

따따따땅!

바로 옆 자리에서 민광주 의원이 최신형 M16A4 소총을 들고 멧돼지 향해 발사했다.

건너편에서는 존 하워드 대통령과 페이지 회장이 민광주 의원과 똑같은 M16A4 소총을 삼점사로 고정시킨 채 사격을 했다.

미국처럼 광대한 땅을 갖고 있는 나라에서나 구경할 수 있는 광경이었다.

텍사스 광야에서 헬기에 탄 채 총을 쏴서 멧돼지를 잡는 사냥.

실제로 미국 텍사스 주에는 이백여만 마리의 멧돼지가 서식하고 있어서 농작물 등에 끼치는 피해가 한해에만 수억 달러가 넘었다.

얼마나 심각했으면 2011년 텍사스 주 의회에서 헬기를 타고 무제한으로 멧돼지를 잡을 수 있는 '헬기 멧돼지' 법안을 통과시켰겠는가!

"야, 피 국장!"

"예! 김 회장님."

채나가 실탄을 장전하면서 입을 열었고.

민광주 의원의 뒤편에서 망원경으로 지상을 살피던 피대치 회장이 씩씩하게 대답했다.

채나는 피대치 회장을 국장, 팀장, 회장, 대치야 등등 입에 닿는 대로 불렀다.

피대치 회장은 민광주 의원의 수행원으로 미국에 왔다.

같은 자격으로 헬기에 탑승했고.

"이거 내기야! 카운트 확실히 해. 당신이 모시는 보스라고 봐주면 안 돼."

"걱정 마십시오. 정확하게 세고 있습니다."

채나와 민광주 의원, 하워드 대통령, 페이지 회장 등 네 명이 함께 헬기에 탑승해 멧돼지를 사냥해서 가장 적은 수를 잡는 사람이 점심 사기!

당연히 채나는 세계 사격챔피언임으로 무려 50마리나 되는 핸디캡을 받았다.

또 자동발사가 되지 않은 산탄총을 지급 받았고.

핸디캡(Handicap)이란 경기에서 너무 큰 차이가 생기지 않도록 사전에 우수한 선수에게 주어지는 불리한 조건을 말한다.

골프나 바둑, 경마 등에서 흔히 볼 수 있다.

즉, 채나가 이 멧돼지 사냥에서 우승을 하려면 1등보다 최소한 50마리를 더 잡아야 한다.

"민 의원님이 겁나서 그러니까 오해는 하지 마! 베트남전에 참전했을 때 명사수로 소문이 자자하셨다잖아?"

채나가 심각한 얼굴로 지상을 향해 M16소총을 겨누고 있는 민광주 의원을 바라보며 이죽거렸다.

"현역 때하고는 확실히 틀리다. 오랜만에 총을 만져서 그런지 오탄이 너무 많이 나!"

"갑자기 웬 엄살? 베트콩들이 이름만 들어도 벌벌 떤다는

청룡부대 용사셨다며?'

채나가 계속해서 너스레를 떨었고.

"월남의 하늘 아래 메아리치는 귀신 잡던 그 기백⋯⋯."

"우후후후후!"

채나가 어디서 배웠는지 한국에서 베트남에 파병된 청룡부대 군가를 나직이 불렀다.

헬기 내 여기저기서 웃음이 터졌다.

탕탕!

채나가 연속 두 발을 쏘았다.

헬기 위까지 들릴 만큼 엄청난 비명과 함께 땅 위를 달리던 멧돼지 두 마리가 곤두박질쳤다.

"자! 시간이 제법 된 것 같은데 중간 결산 함 하자구. 피 회장님!"

약간의 시간이 흐른 뒤 채나가 총을 내려놓으며 중간 결산을 요구했다.

"옛! 경기시간 31분이 지난 현재 김 회장님이 58마리를 잡으셨습니다. 민 의원님은 7마리 잡으셨구요."

"호오? 그래도 선방을 하고 계시네. 우리 존경하는 민 의원님⋯⋯."

"옛말에 썩어도 준치라고 했다. 껄껄껄!"

"그럼 우리 경애하는 페이지 회장님과 사랑하는 하워드 대통령님 성적은 어떠신지요? 카드 실장님!"

채나가 고개를 돌리며 애교스럽게 망원경을 든 카드 백악
관 비서실장에게 물었다.

"페이지 회장님께서는 9마리를 명중시켰습니다."

"오오오! 역시 노병은 살아 있어. 미국사격협회장님다운
실력이야."

"헛헛헛! 내가 총을 좋아하는 이유 중에 하나가 총은 공평
하다는 거지. 어린애가 쏴도 팔십 늙은이가 쏴도 확실하게 총
알이 나가니까!"

"네네! 알아 모시겠어요. 대통령님은 몇 마리나 잡으셨나
요?"

채나가 더욱 교태스러운 목소리로 물었다.

"그게……."

"꽝이요. 아직 한 마리도 잡지 못했소!"

카드 실장이 말꼬리를 흐렸고 하워드 대통령이 입맛을 다
시며 자수를 했다.

"아니, 작년에 누가 여기 텍사스 광야의 멧돼지들을 멸종
시키다시피 하셨다고 그러셨는데? 누구시죠?"

"내가 자만한 것 같소. 말을 타고하는 사냥과 헬기 사냥은
전혀 다르다는 것을 간과했소."

"헤헤헤, 아주 잘하셨습니다. 카드 실장님! 오늘 대통령님

과 함께 온 수행원이 몇 분이나 되나요?

"경호원들까지 이백 명쯤 됩니다."

"이백 명이라? 우리 직원들이 이십 명이고, 민 의원님 수행원들이 이십 명, 페이지 회장님 식구들이 백 명쯤 되는데… 거기에 주지사님과 상원의원님들 수행원들까지 합치면 한 사백 명 정도 되겠군."

"두당 50달러만 잡아도 2만 달러네. 축하드립니다, 대통령님! 오늘 점심값으로 2만 달러 쏘셨어요."

"헛헛헛… 껄껄껄!"

채나의 간드러진 너스레에 하워드 대통령까지 폭소를 터뜨렸다.

"천만에 말씀! 경기는 완전히 끝나기 전에는 끝난 것이 아니라고 했소."

"아아, 그런가요? 피 국장님! 대통령님 말씀 들으셨나요?"

"옛! 열심히 기록하고 있습니다."

"경기는 완전히 끝나기 전까지 끝난 것이 아니다. 존 하워드 미국 대통령님. 캬! 명언이로세."

"어허허헛!"

다시 한 번 헬기 안이 웃음바다로 변했다.

*   *   *

슉!

카드 실장이 채나에게 무선 마이크를 건넸다.

"시작하시죠? 채나 양."

"무슨… 내가 왜 진행을 해?"

야외에서 흔히 사용하는 큼직한 스텐 커피 잔을 든 채나가 짜증스러운 얼굴로 카드 실장을 쳐다봤다.

"하하! 이벤트를 준비하신 분이 채나 양이시니까요. 또 어느 행사든 연예인이 사회를 맡아야 화려하고 보기 좋지 않습니까? 오늘 참석하신 손님 중에 채나 양이 유일한 연예인이시구요."

카드 실장이 사람 좋은 미소를 띠며 채나를 살살 달랬다.

"연예인이 나밖에 없나?!"

채나가 떫은 표정으로 주위를 돌아봤다.

헬기를 타고 드넓은 텍사스 광야를 날아가며 멧돼지 사냥을 하는 행사가 끝난 지 막 이십 분쯤 지났을 때였다.

사방 어디를 둘러봐도 나무 한 그루 보이지 않는 황량하다 못해 을씨년스럽기까지 한겨울 텍사스의 옥수수 농장 내.

작은 산만큼이나 거대한 곡물창고와 데크가 유난히 넓은 서너 채의 통나무 오두막이 자리 잡고 있는 넓은 공터였다.

탁! 타타타탁!

페이지 회장에게 초대받은 존 하워드 대통령 등 VVIP와 수행원들이 곳곳에 피워놓은 모닥불 주위에 모여 차를 마시며 담소를 나누고 있었다.

"오전 내내 텍사스 주를 휩쓰는 악당들과 싸우시느라 고생들 많이 하셨어요."

채나가 언제 떫은 표정을 지었냐는 듯 커피 잔 대신 마이크를 쥐고 일어나 사근사근한 목소리로 멘트를 시작했다.

삑 삑 삑! 짝짝짝!

"껄껄껄! 모두들 수고하셨소이다."

"헬기 사냥을 하는 초현대식 텍사스 카우보이들, 아주 멋있었습니다."

페이지 회장 등이 기다렸다는 듯 우레와 같은 박수와 환호로 답했다.

"민방위조차 오래전에 마치신 노병들임에도 불구하고 눈부신 사격 솜씨를 보여주셔서 개인적으로 큰 감명을 받았습니다. 헤헤헤!"

"핫핫핫! 감명씩이나?"

채나가 정치가로 변신한 연예인답게 특유의 맹한 웃음과 함께 행사용 멘트를 날렸고. 페이지 회장이 살짝 추임새를 넣었다.

"뭐, 한국전이나 베트남전에서 스나이퍼로 용명을 떨쳤다는 말씀은 꽤 수상하더군요. 추후에 청문회를 열어 진실을 밝히도록 하겠습니다."

"아하하하하하하!"

채나의 너스레에 정치가들인 하워드 대통령 켐벨 주지사 등이 폭소를 터뜨렸다.

실제로 페이지 회장은 육군 소령으로 한국전에 참전했었고 민광주 의원은 청룡부대 병사로서 베트남에 갔었다.

"그럼 지금부터 제1회 미한 명사 초청 멧돼지 사냥대회 성적을 발표하도록 하겠습니다."

삑삑삑! 짝짝짝짝!

채나가 미한 명사 초청 대회라는 이름까지 붙여 멘트를 날리자 페이지 회장과 하워드 대통령 등이 재미있다는 듯 활짝 웃으며 마구 박수를 쳤다.

제1회 미한 명사 초청 멧돼지 사냥대회라는 멋진 이름이 붙은 행사.

참가 선수는 딱 네 명이었다.

채나와 민광주 의원, 하워드 대통령과 페이지 회장.

켐벨 주지사와 플라워 의원 등은 헬기 울렁증과 사격 미숙으로 기권했다.

한데 채나는 확실히 타고난 연예인이었다.

능숙한 진행 솜씨도 그랬지만 지금 채나에게서 풍기는 매력이 기가 막혔다.

챙이 둥근 카우보이모자와 가죽조끼에 가죽부츠를 신고 레밍턴 산탄총을 꺾어 어깨에 멘 모습까지!

그대로 미국 정통 서부극을 테마로 하는 판타지 애니메이션 영화에서 뛰쳐나온 주인공이었다.

"먼저 멧돼지를 무려 백 마리를 넘게 잡아 일등을 한 채나 킴 선수는 신분조회를 한 결과 현재 대한민국 경기도 파주에서 활동하는 프로 헌터임이 밝혀졌습니다."

"껄껄껄껄!"

채나가 스스로 프로 헌터라고 밝히자 페이지 회장 등이 뒤집어졌다.

"해서 아마추어 모임인 본 대회 성격과 반한 관계로 주최 측의 직권으로 실격 처리했음을 알려드립니다. 안타깝게도 채나 킴 선수는 자동적으로 꼴찌가 됐습니다. 이점 채나 킴 선수께선 양지해 주시기 바랍니다."

"핫핫핫! 으흐흐!"

계속되는 채나의 자학 조크에 하워드 대통령과 켐벨 주지사 민광주 의원 등이 파안대소를 터뜨리며 눈물까지 훔쳤다.

"오늘 텍사스 주 들녘에서 열린 제1회 미한 명사 초청 멧돼지 사냥대회의 우승은… 모두 열여섯 마리의 멧돼지를 잡으신 지미 페이지 미국 사격협회장님께 돌아갔습니다!"

"오오오, 마이 갓—"

짝짝짝! 삑삑삑!

페이지 회장이 주먹을 흔들며 벌떡 일어섰다.

누가 봐도 한국전에 참전했던 칠순 노병이 아니라 씩씩한 이십 대 장병이었다.

칭찬은 코끼리도 춤을 추게 하고, 상은 칠순 노병을 이십 대 장병으로 만든다.

채나와 하워드 대통령 등이 활짝 웃으며 진심 어린 박수를 보냈다.

두두두두!

대통령의 박수 소리는 곧 바로 저공비행을 하는 대통령 경호기인 두 대의 아파치 헬기에서 터지는 프로펠러 소음에 의해 막혔다.

소음을 뿜어내는 것은 비단 아파치 헬기뿐만이 아니었다.

언제부턴지 걸프전에서 명성을 떨친 미제 브래들리 장갑차 서너 대가 토우 미사일까지 장착한 채 곡물창고 주위를 맴돌며 경계를 하고 있었다.

세계 대통령, 천조국 미국 대통령이 참석한 모임임이 분명했다.

"우승을 하신 페이지 회장님께는 황금 메달과 부상으로 채나 킴 정규앨범 CD 한 장, 그리고 러시아에서 공수된 순종 코카시안 오브차카 강아지 두 마리를 드리겠습니다."

하지만 헬기 프로펠러 돌아가는 소리나 장갑차 무한궤도 굴러가는 굉음도 멀티옥타브를 자랑하는 가수 채나의 목소리는 막지 못했다.

채나의 청아한 목소리가 아주 시원하게 텍사스 들판에 울려 퍼졌다.

"참고로 이 CD는 제가 지인들께 드리기 위해 플래티넘(백금)으로 딱 백 장을 제작한 한정판입니다."

"우와와아아!"

채나가 CD의 내력을 밝히자 탄성이 쏟아졌다.

채나가 소장용으로 제작한 플래티넘 한정판 CD라면 그 가치가 무시무시했기 때문이다.

"시상은 대한민국 대통령 후보이신 민주평화당 민광주 의원께서 해주시겠습니다."

"우승 축하드립니다, 페이지 회장님!"

"고맙소! 죽기 전에 마지막으로 받아보는 상인 것 같소이다. 껄껄껄!"

민광주 의원이 페이지 회장에게 황금메달을 걸어주고 CD와 강아지 두 마리를 안겨줬다.

"아주 잘생긴 녀석들이구려. 본인이 꼭 키워보고 싶었던 놈들이오!"

페이지 회장이 흡족한 얼굴로 강아지들을 쓰다듬었다.

"껄껄껄! 다들 눈치채셨겠지만 이 시상식은 오늘 식순에는 없었소. 우리 채나 킴 양이 기획한 깜짝 이벤트요. 확실히 시상식을 하니까 뭔가 있어 보이는구려. 내년부터는 정식으로 시상식을 해야겠소이다. 우승을 해서 정말 기쁘오. 시상식을 마련해 준 사랑하는 채나 킴 양에게 다시 한 번 감사와 경의를 표하오."

페이지 회장이 채나에게 찬사를 보내는 것으로 시상소감을 대신했다.

그랬다.

페이지 회장 말대로 이 시상식은 일정에 없었다.

행사를 주최한 페이지 회장도 전혀 생각지 못한 순전히 정치가 채나가 혼자 기획한 깜짝 이벤트였다.

플래티넘 CD는 채나가 소개한 것처럼 페이지 회장이나 민광주 의원 등에게 선물하려고 정규앨범을 제작할 때 같이 만들었다.

메달은 이번 행사에 초청을 받자마자 직접 LA 다운타운에 가서 맞췄고. 강아지들은 애견가인 페이지 회장에게 주려고 니콜라이 러시아 총리가 선물한 녀석들을 이곳까지 데리고 왔다.

정치가 채나가 미국 정계에 발을 디디면서 처음으로 행한 일이었다.

당연히 미국 대통령 비서실장인 카드 실장에게는 살짝 귀띔을 했다.

"이등은 멧돼지 열세 마리를 잡으신 대한민국 민광주 의원님! 상품으로 순은 메달과 부상으로 제 음반 플래티넘 CD와 유세 때 타고 다니시라고 방탄이 되는 45인승 리무진 버스 한 대를 드리겠습니다."

"자자잠깐— 이거 주최 측 농간이 너무 심한 거 아니오?! 우승한 사람은 겨우 강아지 두 마리 주고 이등 한 사람에게는 자동차를 주다니 이 무슨 변괴요?"

"아핫핫핫! 오호호호!"

채나의 입에서 리무진 버스라는 말이 떨어지자마자 페이지 회장이 씩씩댔다.

페이지 회장식 조크였다.

"헤헤헤! 꼬우시면 이등을 하시지 그러셨대? 시상은 하워드 대통령님께서 해주시겠습니다."

채나가 귀엽게 혀를 쏙 내밀었다.

"부럽습니다. 나도 리무진 버스를 턱턱 사주는 채나 킴 양 같은 스폰서가 있었으면 좋겠습니다. 고생하셨습니다. 민 의원님!"

"감사합니다. 대통령님!"

하워드 대통령과 민광주 의원이 활짝 웃으며 손을 꼭 잡았다.

번쩍! 파파팟!

백악관 전담 카메라맨과 민광주 의원 수행원들이 열심히 카메라 셔터를 눌러댔다.

바로 이 장면이었다.

이 장면 때문에 채나가 이번 행사에 민광주 의원을 끼워 넣었다.

지금 대한민국 대통령에 출마한 민광주 의원은 재외국민들에게 유세를 하기 위해 보름 일정으로 캐나다, 호주, 독일 등 5개국을 순방하는 중이었다.

응당 지난번에 방문했던 미국은 일정에서 빠져 있었다.

하지만 민주평화당 재경위원회 부위원장인 채나의 요청에 의해 순방 일정이 수정되면서 부랴부랴 미국을 재차 방문하게 됐던 것이다.

재차 방문한 목적은 딱 두 가지였다.

첫 번째는 한미 양국 간의 보다 나은 미래를 위해서였고.

두 번째는 미국 대통령을 비롯한 미국 정치가들을 선거에 이용하기 위해서였다.

유감스럽게도 첫 번째 목적은 당사자인 민광주 의원조차 기억하지 못했다.

사실 지난번 민광주 의원의 미국 방문은 미 국회 외교위원 장인 도날드 상원의원의 초청에 의해 이루어진 것으로 발표 됐지만 속사정은 그렇지 못했다.

민광주 의원이 대선 캠프에서 미국 정계에 로비를 해서 억지로 성사시킨 거사였다.

남북이 총칼을 겨누고 있는 형편상 우리나라는 어쩔 수 없이 미국 눈치를 볼 수밖에 없다. 따라서 현재 대선 레이스에 참가한 후보자가 미국 정계의 거물에게 초청을 받아 미국을 방문한다는 것은 굉장한 일이었다.

대선 레이스의 승패를 결정지을 수도 있는 아주 중대한 사안이었다.

우리나라 국민들의 눈에는 미국에서 그 후보를 지지하는 것으로 비춰지기 때문이다.

우리나라 안보에 노심초사 하는 보수적인 유권자들은 미국이 지지하는 후보에게 표를 던진다.

한데 어렵게 미국에 도착한 민광주 의원이 한 일이라고는 도날드 상원의원과 점심 한 끼 같이 먹은 것뿐이었다. 채나 쇼케이스에 참석해 하워드 대통령과 악수를 하면서 두서너 마디 인사를 교환한 게 전부였고!

뒤늦게 사정을 보고받은 채나가 분기탱천했다.

이번에는 아예 민광주 의원을 하루 종일 미국 대통령과 동행할 수 있도록 로비를 했다. 물론 막대한 자금을 쏟아부었다.

"마지막으로 삼등에는 멧돼지 열두 마리를 잡으신 분. 경기가 완전히 끝나기 전까지 끝난 것이 아니라는 명언을 남기신 불굴의 헌터 존 하워드 대통령님!"

짝짝짝짝! 와아아아!

페이지 회장이나 민광주 의원을 호명했을 때와는 클래스가 다른 함성이 쏟아졌다.

하워드 대통령을 따라온 수행원이 가장 많았다.

"시상은 페이지 회장님께서 해주시겠습니다. 동메달과 제 플래티넘 CD와 상금을 드리겠습니다. 상금 액수는… 비밀입니다!"

"아하하하! 껄껄껄껄!"

채나가 하워드 대통령에게 상금을 준다고 말하자 대통령 본인도 카드 실장도 페이지 회장도 시상식을 지켜보는 모든 사람이 가볍게 웃었다.

채나가 날리는 조크라고 생각했기에.

채나는 농담이라도 거짓말은 하지 않는다는 것을 몰랐기에 벌어진 착각이었다.

채나가 건넨 봉투에는 하워드 대통령이 입이 딱 벌어질 만큼의 상금, 진짜 돈이 들어 있었다. 핵심 참모진과 마주 앉아 채나가 준 상금을 두고 며칠 동안 고민을 해야 할 정도였다.

실은 하워드 대통령이 페이지 회장을 통해 채나를 이번 행사에 부른 가장 큰 이유는 바로 돈, 후원금을 부탁하기 위해서였다.

미국 정치인에게 정치자금은 어머니의 젖과 같다.

굳이 미국의 어떤 정치인이 얘기했던 이 말을 빌리지 않더라도 동서고금을 막론하고 돈 없이 정치를 할 수는 없다.

정치는 사람이 하는 것이 아니라 돈이 하기 때문이다.

"다음은 존경하는 우리 미합중국 대통령님과 기념 촬영이 있겠습니다. 모두 앞으로 나와 주시기 바랍니다!"

페이지 회장의 측근인 리차드 부회장이 채나에게 마이크를 넘겨받아 정중하게 멘트를 했다.

"……?"

동시에 채나가 코끝을 씰룩거렸다.

어디선가 정화조 뚜껑을 열어 놓은 듯한 역한 냄새가 풍겼다.

─이 냄새는 사기(邪氣)… 어떤 놈이지?

채나에게 마기와 사기는 전혀 달랐다.

마기는 무조건 섬멸해야 될 적에게서 풍기는 냄새였고 사기는 경계해야 하는 대상을 의미했다.

찌릿!

우연이었을까?

채나가 인상을 쓰며 얼굴을 돌릴 때, 검은색 가죽 재킷을 걸친 채 이스라엘제 미니 우지를 들고 경계를 서고 있던 대통령 경호요원으로 보이는 매부리코 사내와 시선이 마주쳤다.

뎅그렁!

―조심하거라, 아가야!

채나의 머릿속에서 거대한 종이 울리며 환청이 들린 것도 바로 그때였다.

영취공. 또다시 영취공이 발동됐다.

사사사삭! 착!

스노우가 들판에서 놀다 왔는지 몸에 흙을 잔뜩 묻힌 채 달려와 채나 품에 안겼다.

채나에게 뭔가 말을 하고자 하는 듯 얼굴을 싹싹 핥았다.

"그래! 나도 냄새를 맡았다. 스노우."

철컥! 채나가 기분 나쁠 때 나오는 특유의 리액션.

눈이 실처럼 가늘어지며 어깨에 메고 있던 레밍턴 소총에 총알을 장전했다.

즉시 발사할 기세였다.

"무슨 일입니까? 회장님!"

채나 주위를 경계하던 모 중사가 귀신처럼 낌새를 채고 다가왔다.

'아차! 여기는 미국 대통령과 함께한 자리였지. 사형도 와 있고…….'

채나가 퍼뜩 정신을 차렸다.

"저기 밴 승용차 옆에 서 있는 검은 가죽재킷을 걸친 매부리코."

"예! 어떻게 할까요?"

"염털하고 같이 가서 허튼짓 못하게 해. 여차하면 날려 버려!"

"알겠습니다. 회장님!"

채나가 아무렇지 않게 명령했고 모 중사 또한 스스럼없이 대답하며 사신 염성룡과 함께 천천히 매부리코 쪽으로 걸어갔다.

염털은 털이 많다고 채나가 지어준 염성룡의 별명이다.

이미 채나는 댈러스 공항에서 하워드 대통령과 조우하는 순간부터 매부리코를 찍었다. 자신을 공격할 적은 아니었지만 뭔가 걸렸다.

왠지 기분이 나빴고!

거기에 영취공이 발동되어 경고를 했고 무늬만 고양이인 스노우가 확신을 줬다.

민광주 의원과 하워드 대통령까지 있는 자리였기에 직접 나서지 않았다.

만약 민광주 의원이 없었다면 미국 대통령 아니라 미국을 만든 신이 옆에 있었어도 매부리코를 그대로 쏴버렸을 것이다.

채나는 청장고원을 다녀온 이후 선도의 화후가 더 이상 올라갈 수 없는 경지까지 도달했다. 얼마나 엄청나면 화이트 국장이 라디오에서 흘러나오는 채나의 목소리만 듣고도 공포에 시달리겠는가!

"뭐요? 놈이 무례라도 저지른 게요, 채나 양?"

채나에게 기념 촬영을 하자고 다가오던 페이지 회장이 본의 아니게 채나 말을 들었다.

페이지 회장은 한국 전쟁에 참전했던 역전의 용사다.

유창하지는 않았지만 한국인들과 의사소통을 하는 데 무리가 없을 만큼 한국어를 구사했다. 경상도 억양이 섞여 있는 것이 흠이었지만.

"테러리스트는 아닌 것 같은데… 왠지 느낌이 좋지 않네요."

"그렇소이까? 내 조치를 취하리다."

채나가 매부리코가 수상하다는 뜻을 에둘러 말하자 페이지 회장이 단호하게 말을 받으며 재빨리 하워드 대통령에게 다가갔다.

페이지 회장은 오래전부터 채나를 지켜본 사람이다.

뭔가 동양의 신비함을 간직한 소녀라는 것을 일찌감치 눈치채고 있었다.

또, 하워드 대통령에게 가장 열성적인 지지를 보내는 최고의 스폰서였다.

하워드 대통령은 페이지 회장을 친형님처럼 따랐다.

"저 매부리코를 당장 경호팀에서 배제시켜! 녀석의 뒤를 세세히 캐 보고."

페이지 회장 말을 듣자마자 하워드 대통령은 경호실장을 직접 불러 이렇게 명령했다.

경호실장과 요원들이 매부리코를 데리고 브래들리 장갑차가 있는 쪽으로 사라졌다.

자신의 신변을 염려하는 것은 인간의 본능이다.

아이러니하게도 세계 대통령이라는 미국 대통령들은 유난히 자신들의 안위를 걱정했다.

우리가 잘 아는 레이건 대통령은 테러를 당한 이후에는 아예 백악관에 점성술사를 상주시키고 그 사람의 조언을 받아 스케줄을 결정했다는 믿지 못할 소문이 있다.

하워드 대통령은 레이건 대통령처럼 테러를 당한 적은 없었지만 9.11사태 이후 이라크와 전쟁 일보 직전에 놓여 있었기에 더욱 예민했다.

게다가 귀띔을 한 사람이 페이지 회장이었다.

무조건 말을 들어야 한다.

하워드 대통령의 이 신속한 명령은 그동안 수없이 내린 명령 중에서 가장 괜찮은 명령이었다.

얼마 뒤에 매부리코는 아랍의 잔혹한 테러조직인 IS의 끄나풀로 밝혀졌다.

이후, 채나는 하워드 대통령이 툭하면 자문을 구하는 점성술사(?)가 됐다.

아울러 채나가 미국 정계의 거목이 될 때까지 세심한 보살핌을 받았고!

…….

황소만큼이나 큰 수백 마리의 멧돼지가 성벽처럼 쌓여 있는 텍사스 평원 위로 아주 어색한 정적이 흘렀다.

그럴 수밖에 없었다.

느닷없이 하워드 대통령이 경호실장을 불러 어떤 명령을 내렸고 경호실장이 경호요원들과 함께 달려가 매부리코 요원을 체포했다.

모든 사람이 이 장면을 목격했다.

뭔가 좋지 않은 사건이 터졌다는 것을 눈치챘고.

"껄껄껄, 별일 아니요! 놈이 우리 예쁜 채나 양에게 무례를 좀 범한 것 같소. 따끔하게 야단치면 다시는 그런 실수를 범하지 않을 거요."

페이지 회장이 매부리코를 성추행범으로 몰면서 분위기를 수습했다.

"새벽부터 움직였더니 몹시 시장하군요. 빨리 사진 찍고 스테이크나 먹으러 갑시다."

하워드 대통령이 합세했다.

"근데, 채나 킴 양! 진짜 궁금해서 묻는 건데 오늘 점심값은 누가 내는 겁니까?"

"아하하하! 까르르르!"

하워드 대통령이 질 낮은 조크를 던지자 웃음이 터지면서 분위기가 살아났다.

"누구긴 누구예요 부정 선수로 실격된 저죠!"

채나가 눈을 흘겼고.

"오지라퍼 따로 없지! 괜히 방정맞게 입을 털어서 피 같은 돈 2만 불을 날렸네."

"뭐, 채나 양 형편이 어려우면 내가 대납하리다. 대신 로키 산맥 속에 묻혀 있는 백금 광석을 한 자루쯤 퍼 가겠소."

"우후후후후!"

페이지 회장이 세계 제일 부자임을 상기시키며 초를 쳤다.

"회장님 마음대로 하세요. 전 로키산맥 속에 백금이 묻혀 있는지 지뢰가 묻혀 있는지 아는 바 없답니다."

"어쨌든 엘파소에 가서 몬스터 스테이크는 먹어야 할 거 아니겠소?"

"넵! 빨리 사진 박죠, 대통령님!"

페이지 회장이 몬스터 스테이크로 유혹했고 채나가 총알처럼 튀어가 하워드 대통령의 팔짱을 꼈다.

"아핫핫핫하!"

하워드 대통령의 기분 좋은 웃음소리가 길게 이어졌다.

오늘 채나를 초청한 목적을 백 프로 달성했다.

번쩍번쩍! 찰칵찰칵!

헬기 사냥으로 잡은 멧돼지들을 배경으로 기념촬영이 시작됐다.

민광주 의원이 가장 기다리던 시간이었다.

하워드 대통령과 함께 수백 장의 사진을 찍었다.

이 사진들은 선거기간 내내 대한민국 전역에 뿌려졌다.

마치 한미 정상 회담을 연상시키는 사진들이.

9장

점입가경(漸入佳境)

부우우우웅!

채나와 민광주 의원 등을 태운 기름 먹는 하마 12인승 미제 스타크래프트 승합차가 텍사스 들판을 내달렸다.

"아까 무슨 일이냐? 김 위원장!"

차에 오른 지 일 분도 채 되지 않아서 민광주 의원이 옆에 앉아 있던 채나를 향해 입을 열었다.

민광주 의원은 채나를 사매나 김 회장이란 호칭 대신 꼭 김 위원장이라고 불렀다.

직위를 좋아하는 정치가들 특유의 습성이었다.

"악!"

갑자기 민광주 의원이 비명을 지르며 펄쩍 뛰었다.

채나의 꼬집기 신공에 기습 공격을 당한 탓이었다.

"어구구구! 무슨 손이 이렇게 맵냐? 김 위원장!"

"그딴 거 신경 쓸 시간에 사격이나 좀 익혀! 초조해서 돼지는 줄 알았어. 대체 오빠 왜 그렇게 총을 못 쏘는데? 청룡부대 용사가 아니라 청개구리 부대 용사 아냐?"

채나가 대답 대신 아까 끝난 제1회 미한 명사초청 멧돼지 사냥대회의 성적을 놓고 민광주 의원을 조졌다.

"그, 그게 별안간 하워드 대통령이 날기 시작하니까 나도 모르게 흔들리더라. 사격은 집중력이 흩어지면 끝이잖아!"

민광주 의원이 애써 변명을 했고.

"아호! 그래도 그렇지 13 대 12가 뭐야? 하마터면 하워드 대통령한테 잡힐 뻔했잖아. 피 국장, 이리 와봐!"

불똥이 피대치 회장에게 튀었다.

"예! 김 위원장님."

픽!

"아―"

채나가 다가오는 피대치 회장의 정강이를 내질렀고 피 회장이 입을 앙다문 채 신음을 토했다.

"멍충아! 내가 잡은 놈들을 슬쩍 의원님께 올려 드리라고 했잖아?"

"저, 저도 그렇게 하고 싶었는데 어쩔 수 없었습니다. 카드 실장과 경호실장이 김 위원장님이 사격하는 것은 쳐다보지도 않고 민 후보님이 쏘는 것만 지켜보더라고요. 카드 실장은 아예 수첩에 한 마리씩 기록했습니다."

"그니까 일등은 포기하고 삼등만 하자?"

"예! 하워드 대통령은 처음부터 그런 작전으로 나왔습니다."

"흥! 미국 놈들은 신사인 척하면서 뒤로 할 건 다 한다니까!"

피 회장이 상황을 설명했고 채나가 여전히 분이 풀리지 않는지 씩씩댔다.

알다시피 채나는 지구 최고의 총잡이였지만 승부욕은 우주 제일이었다.

특히 하워드 대통령과 민광주 의원의 사냥 시합은 한미 정상 간의 대결이라고 생각했다.

가뜩이나 대한민국은 미국에게 많은 분야에서 뒤처져 있는데 이런 것까지 지면⋯ 무조건 이겨야 되는 게임이었다.

채나는 이렇게 생각했다.

"핫핫핫, 마음 풀어라 김 위원장! 어쨌든 내가 하워드 대통령을 이겼잖아?"

"알았어! 앞으로 이런 자리가 종종 있을 거야. 하워드 대통령이 낚시 광이래. 바다낚시를 아주 좋아하니까 짬짬이 연습해 둬."

"GOOD!"

민광주 의원이 장소가 미국이라서 그런지 영어로 대답했고.

"대치 너도 시간을 내서 보트와 요트 조종술을 배워."

"명심하겠습니다."

채나가 서슴없이 피 회장의 이름을 부르며 명령했다.

"레스토랑에서 하워드 대통령 등에게 정식으로 인사를 할 테니까 준비하고!"

"옛! 알겠습니다."

피 회장이 정중하게 허리를 접었다.

"그리고 구 팀장! 민 의원님하고 피 회장님 메이크업 좀 봐 드려."

"네에, 회장님!"

채나가 고개를 돌려 구경아 분장 팀장에게 지시를 했다.

"치사해도 참아. 하워드 대통령이 지저분한 건 딱 질색이래."

"치사한 게 아니라 매너다. 미국 대통령과 식사를 하는 자리잖아!"

채나가 툴툴대자 민광주 의원이 어른다운 대답을 했다.

구경아 팀장 등이 메이크업 박스를 내려놓으며 민광주 의원과 피대치 회장의 얼굴을 매만지기 시작했다.

"……?"

구경아 팀장 등에게 메이크업을 받는 민광주 의원과 피대치 회장을 지켜보던 민광주 의원의 수행원들이 고개를 갸우뚱했다.

현재 대통령 후보는 민광주 의원이지 피 회장이 아니었다.

민광주 의원만 챙겨주면 되는 것이다.

한데 채나는 LA 국제공항에서 만났을 때부터 지금까지 계속해서 피 회장을 찾았다.

하워드 대통령 등과 차를 마실 때나 사냥을 할 때나 피 회장을 동석시켰다.

페이지 회장에게는 피 회장을 잘 보살펴 달라고 노골적으로 부탁했고!

지금도 마찬가지다.

민광주 의원만 메이크업을 받게 하면 되지 피 국장까지 메이크업을 받게 할 필요는 없었다. 굳이 피 국장을 미국 대통령이나 페이지 회장에게 정식으로 소개시킬 필요도 없었고!

뭐지?

혹시, 김 위원장은 피 국장을 다음 대 대권후보로 생각하나?

이거 줄 잘 서야겠네!

민광주 의원을 따라온 수행원들은 하나같이 이런 생각을 했다.

바로 그랬다.

채나는 이미 다음 대 대한민국 대통령 후보로 피대치 회장을 선택했다.

해서 나름 정지 작업 중이었다.

그래! 줄 잘 서.

피대치 회장 열심히 도와주고!

채나가 민광주 의원의 수행원들에게 보내는 간접적인 메시지였다.

민광주 의원의 수행원들은 임춘환 비서실장을 비롯해 대부분 민주평화당 당직자들이었다.

끽!

스타크래프트 승합차가 텍사스 주 엘파소에 있는 스테이크 집 주차장에서 멈췄다. 무게가 무려 2㎏이나 나가는 몬스터 스테이크를 먹고 있는 채나의 대형 포스터가 붙어 있는 유명한 집이었다.

손님이 가장 많이 드는 영화가 가장 좋은 영화다.

투자자들에게 돈을 가장 많이 벌게 해주는 감독이 가장 유능한 감독이다.

예술은 감독 혼자 지하실에서 하시고······.

미국 영화업자들의 철칙이었다.

영화는 오락산업이다, 투자한 만큼 회수하라.

미국 시장은 좁다, 해외 시장으로 눈을 돌려라.

대중의 욕구를 충족시켜야만 흥행에 성공한다 등.

할리우드 영화 제작 십계명이다.

또 이런 말도 있다.

할리우드 영화가 언제까지 세계를 지배할 수 있을까?

언제까지가 아니라 언제까지나 세계를 지배할 수 있게 만들어야 한다.

유니버설 워너 등 미국 메이저 영화사들의 슬로건이었다.

헐리우드 영화는 잘 만들어져 있고 엄청난 유혹이 담겨져 있어서 아주 광범위하게 퍼져 있다. 전 세계 대중들은 그 마약에 중독돼 있고 지식인들은 더욱 깊이 중독돼 있다.

프랑스의 유명한 영화 평론가가 한 말이다.

이렇게 할리우드로 대변되는 미국 영화의 전설은 1,000쪽 짜리 책 한 권을 충분히 쓰고도 남았다.

오래전에 할리우드라는 대명사로 바뀐 미국의 영화산업은 그 엄청난 규모만으로도 영화에 대한 모든 순진한 생각을 간단히 날려 버린다.

우주항공산업, 철강산업 등과 함께 미국의 5대 산업 중 하나 라니 더 이상 어떤 말이 필요할까!

"헤이 닥터……."

가슴에 미국 메이저 영화사 중 하나인 파라마운트 영화사 사원 신분증을 부착한 이십 대 흑인 여성 에이미 힐이 기분이 몹시 좋은 듯 채나의 노래 '헤이 닥터' 를 부르며 채나의 엉덩이춤을 흉내 내며 걸어왔다.

오늘 저녁 6시에 파라마운트 영화사 스튜디오를 관람하기로 예약된 관광객들을 데리러 스튜디오 정문으로 가는 길이었다.

UCLA 연극영화과 4학년인 힐이 미국 LA 파라마운트 영화사에 인터사원으로 입사해서 맡은 일이 스튜디오를 구경하러 오는 관광객들을 안내하는 가이드 업무였다.

한 달 전까지만 해도 오전, 오후 2시간씩, 하루 4시간만 일하면 땡이었다.

한데 크리스마스 시즌이 닥치면서 사정이 달라졌다.

관광객들이 어찌나 많이 밀려드는지 야간까지 일해야 했다.

하지만 전혀 피곤하지 않았다.

회사에서 주는 잔업 수당이 제법 짭짤했기 때문이다.

게다가 관객들이 주는 팁, 이게 또 장난이 아니었다.

어제는 오전, 오후, 야간 세 탕을 연거푸 뛰었는데 받은 팁이 무려 1,000달러가 넘었다.

주급을 500달러씩 받는 힐에게는 정말 배보다 배꼽이 더 컸다.

이 모두가 UCLA 직계 선배인 채나가 파라마운트 스튜디오에서 '블랙엔젤'을 촬영하면서 터진 대박이었다.

채나는 미국에 들어오기 무섭게 ㈜P&P와 약속한 대로 파라마운트 스튜디오에서 '블랙엔젤'을 촬영하고 있었다.

나머지 시간에는 월드 투어 연습에 매달렸고.

"진짜, 진짜 예뻐 죽겠어. 내가 존경하는 울 선배님! 경애하는 교주님!"

LA 토박이인 힐은 채나보다 네 살이나 어렸지만 같은 초등학교와 대학교를 다녔기에 채나를 아주 잘 알았다.

LA에서 학교를 다닌 이십 대들.

아니, 미국에서 학교를 다닌 비슷한 또래 중 채나를 모르는 사람이 없었다.

LA의 '리틀 스나이퍼' 채나 킴은 미국 학생들 사이에서 너무나 유명했다.

총 솜씨와 주먹 실력은 울던 남학생도 뚝 그칠 정도로 살벌한 명성을 자랑했다.

얼마나 유명했던지 채나가 등교를 하면 여타 학교에서 수많은 학생이 채나를 보고자 일부러 찾아왔다.

힐 또한 그런 학생 중 한 명이었다.

채나가 무서워서 먼발치에서 바라만 봤을 뿐 말 한마디 걸지 못했지만.

"훗! 총 잘 쏘고 주먹 잘 쓰는 거야 익히 알았지만 이렇게 엄청난 엔터테이너가 될 줄은 꿈에도 몰랐어."

힐이 어렸을 때 채나를 찾아가 지켜보던 일이 떠오르는지 얼굴이 발갛게 상기됐다.

드르르륵!

주머니에서 고장 난 선풍기 돌아가는 소리가 들렸다.

문자가 왔다는 신호였다.

[오늘 1월 13일 채나 킴 촬영 스케줄 없음. 내일 스케줄 미정.]

힐이 휴대폰을 꺼내 메시지를 확인했고.

"갓 뎀— 최소 200달러가 날아갔군."

휴대폰을 움켜쥐며 와락 인상을 썼다.

본사 관리부에서 근무하는 입사 동기가 보내 온 문자였다.

"갑자기 다리에 힘이 없어지네. 안 돼! 어떻게 구한 직장인데… 열심히 해야 돼."

힐이 사흘 전 대박의 추억을 떠올리며 풀리는 다리에 힘을 줬다.

그날, 중국인 관광객 한 명이 벤저민 플랭클린 초상화가 그려진 100달러 지폐 석 장을 날렸다. 장장 300달러를 팁으로 썼던 것이다.

'블랙엔젤'을 촬영하고 있는 스튜디오로 안내했을 때 마침 채나가 촬영을 마치고 나가다가 관광객들에게 사인을 해주고 기념 촬영까지 해준 덕분이었다.

"굿 이브닝! 안녕하세요! 니하오! 곤방와!"

힐이 십여 명의 동양인 관광객이 기다리고 있는 부스로 들어가면서 영어, 한국어, 중국어, 일어로 인사했다.

세계 영화계에서도 먹어주는 메이저 영화사인 파라마운트에 인턴사원으로 뽑힌 것은 이렇게 수 개 국어를 능숙하게 구사할 수 있었기 때문이다.

"반갑습니다! 하지메 마시떼!"

관광객들은 정확히 한국인 아홉 명에 일본인 네 명. 모두 열세 명이었다.

힐이 미소를 띤 채 여타 가이드들처럼 간단히 자신을 소개했다.

한국어나 일본어에 능통하다는 말을 강조했고.

스튜디오를 관람할 때 주의할 점 몇 가지도 상기시켰다.

"플리즈… 미스 힐!"

"오늘 저녁 이 스튜디오에서 채나 킴 촬영이 예정돼 있다는데 확실합니까?"

안내 멘트가 채 끝나기도 전에 한국인 관광객 두 명이 채나의 촬영 스케줄을 물었다.

"죄송합니다. 방금 본사에서 연락을 받았는데 촬영 계획이 없으시답니다."

"저, 정말이에요??"

"뭐가 어찌 된 거지? 분명히 촬영 계획이 있다고 들었는데……."

"제가 정확히 확인했습니다."

한국인 관광객들이 아우성을 치자 힐이 다시 한 번 휴대폰을 살펴보며 고개를 저었다.

"아후— 이게 무슨 일이냐, 아영아?"

"박 선생이 분명히 오늘 여기서 촬영이 있다고 하셨다면서?"

"응응! 김 선생님하고 같이 오후 6시부터 내일 새벽까지 촬영 하신다고 그러셨어."

한국인 관광객은 무서운 가족, 홍아영네였다.

할머니부터 막내인 홍아영까지 일곱 명의 식구가 생전 처음 미국으로 가족 여행을 왔다. 채나 찾아 삼만 리 덕분이었다.

박지은을 통해 오늘 이 스튜디오에서 채나의 '블랙엔젤' 촬영이 있다는 사실을 알고 이역만리를 달려왔는데 채나의 촬영 스케줄이 잡혀 있지 않다니 황당했다.

채나를 만나기 위해 수천만 원을 쓴 홍아영은 금방이라도 눈물을 쏟을 듯 울상이 됐다.

"김 선생 촬영 스케줄이 잡혀 있지 않다? 낭패구만!"

"입장료만 무려 300달러를 넘게 박았어. 대충이라도 구경하고 가!"

"그, 그래! 할머니도 계시니까… 생돈을 그냥 버릴 수야 없지."

홍수길이 막내딸인 홍아영의 눈치를 보며 말했고 언니 홍아인이 간단히 결정했다.

엄마인 손정숙은 할머니 핑계를 댔고.

"우린 어떡하지, 자기야?

"됐어! 여긴 포기하고 디즈니랜드로 가자."

"돈 아깝잖아, 자기야."

"돈이 아니라 시간이 아까워. 우리가 영화사 스튜디오 구경하러 왔냐, 교주님 보러 왔지! 그래서 신혼여행도 LA로 왔구."

"그렇긴 하지만……."

"알았어! 그럼 자기만 구경하고 와. 난 저기 가서 햄버거나 먹고 있을게!"

"자, 자기야!"

한국인 신혼부부가 티격태격했고 일본인 부부들도 한참 동안 실랑이를 했다.

홍아영네 식구를 비롯한 이들 모두는 열성적인 채나교도였다.

채나를 만나보고 싶어 LA로 신혼여행을 왔을 정도였다.

또, 홍수길과 손정숙 등이 구경하고 싶어 할 만했다.

'쳇! 채나 킴 선배가 안 와서 속상한데 손님들까지 속을 썩이네.'

힐이 자신의 얘기에는 주목하지 않고 계속해서 툴툴거리는 홍아영네 식구를 째려봤고.

"제 얘기는 여러분의 관람 시간이 끝나는 8시까지를 말한 겁니다. 늦게라도 채나 킴께서 오실 수 있습니다."

어설픈 미끼를 던졌다.

"오! 그럼 우리가 어떻게 하면 됩니까?"

홍수길이 덥석 물었다.

"스튜디오를 돌아보시는 동안 제가 다시 본사에 연락을 해 보겠습니다. 만약 채나 킴께서 늦은 시간에라도 오신다면 한 타임 더 티켓 끊으셔서 만나 뵈면 됩니다. 안 오시면 예정대로 관람을 마치시고 나가시면 되구요."

힐이 가이드답게 매끄럽게 설명했다.

"그래! 가이드 아가씨 말대로 하자구."

"자기야, 우리도 그렇게 해. 이왕 여기까지 왔잖아?"

"……."

힐이 마뜩찮은 표정을 짓는 홍아영네 식구들과 한국인 신혼부부 한 쌍 등을 카트, 전기로 가는 자동차에 태웠다.

'푸후— 오늘은 꽝이네! 머리끄덩이를 잡고 싸운 사람들처럼 인상을 쓰고 있는데 무슨 팁이 나오겠어?'

힐이 한숨을 길게 내쉬며 카트를 운전했다.

늘 하던 대로 코스를 돌면서 열심히 브리핑 했고.

"와아아아아아—"

"꺄약! 교주님이시다!"

힐이 카트에 탄 홍아영네 식구 등을 '대부'가 촬영된 스튜디오로 안내할 때.

저편에서 파라마운트 스튜디오가 떠나갈 듯한 함성이 들려왔다.

"⋯⋯?"

신기하게도 촬영 스케줄이 없다던 채나가 나타난 것이다.

"뭐, 뭐, 뭐야?!"

부아아앙!

힐이 카트를 경주용 자동차처럼 몰았다.

백여 명의 관광객이 웅성거리는 스튜디오 앞에서 급브레이크를 잡았다.

미국 대통령이 거처하는 백악관을 그대로 옮겨놓은 스튜디오였다.

번쩍번쩍! 찰칵찰칵!

촬영을 하다가 쉬고 있는지 '블랙엔젤'에서 나오는 대통령 영부인의 경호원, S1의 복장인 초록색 선글라스와 검은색 정장을 걸친 채나가 길게 줄 서 있는 관광객들에게 사인을 해주고 있었다.

지난번 쇼케이스 때 미국을 다녀간 김 교장이 갖다 준 안동 한우 육포를 질겅질겅 씹으며!

"이 스튜디오는⋯⋯."

힐이 백악관을 본뜬 스튜디오에 대한 설명을 시작하려 할 때 홍아영네 식구 등이 후다닥 카트에서 내려 줄을 섰다.

하늘은 스스로 돕는 자를 돕는다.

홍아영이 채나 앞에서 줄을 서며 초등학교 때 배웠던 문구를 떠올렸다.

"오 마이 갓, 채나 님! 상황이 어떻게 된 건지는 모르지만 정말, 정말 고맙습니다. 갑자기 궁금하네요. 오늘은 또 팁이 얼마나 쏟아질까요, 이히히히!"

힐이 방금 전까지 먹구름이 잔뜩 끼었던 얼굴을 지워 버리고 오늘 나올 팁을 계산했다.

박지은이나 힐의 동기 직원이나 모두 틀렸다.

채나는 오늘 아침부터 EMA 음악 스튜디오에 가서 공연 연습을 한 뒤 점심을 먹고 바로 이곳 파라마운트 픽쳐 스튜디오로 와서 '블랙엔젤'을 촬영했다.

텍사스에서 열렸던 미한 명사 초청 멧돼지 사냥 대회에 참가한 덕분에 빵구났던 촬영을 땜빵하고 있었던 것이다.

"이름이?"

"호… 홍아영요!"

채나가 종이를 받아 들며 이름을 물었고, 홍아영이 울먹이며 대답했다.

"어? 아영아!"

그제야 채나가 홍아영을 알아봤다.

"와아아아아앙— 선생님!"

홍아영이 천붕지탄, 정말 하늘이 무너진 것처럼 대성통곡을 하며 주저앉았다.

"왜, 왜 그래? 왜 그래, 아영아!"

채나의 가장 무서운 무기가 눈물이었다.

채나가 가장 무서워하는 무기도 눈물이었고.

채나는 조카인 일중이나 미중이가 삐죽대기만 해도 원하는 것을 모조리 들어줬다.

어떻게 알았는지 홍아영이 그 약점을 파고들었다.

"후후! 왜 그러긴 왜 그래 바보야. 김채나 찾아 삼만 리를 왔으니까 그렇지!"

홍아영 대신 박지은이 다가와서 대답했다.

박지은은 '블랙엔젤'에서 한국 대통령 부처가 미국을 방문했기에 채나와 함께 백악관에서의 장면을 촬영 중이었다.

"헤헤헤! 삼만 리에서 감이 오네. 제니와 국형이 소식 들었구나?"

채나가 홍아영이 이곳까지 자신을 찾아온 이유를 간단히 눈치챘다.

"저, 저, 저, 저는 선생님! 도, 도, 도저히 이해가 안 돼요."

"더듬지 말고 용건을 확실히 얘기해!"

홍아영이 긴장한 듯 말을 마구 더듬자 박지은이 빽 소리쳤다.

박지은은 홍아영을 얼마나 아끼는지 보여주는 대목이었다.

"죄, 죄송해요 선생님!"

"OK! OK! 이 자리에서 당장 오디션이다."

채나가 홍아영의 말을 끊으며 결론을 내렸다.

"오, 오디션요? 여기서요?"

"오냐! 지난번 KK팝 이후에 얼마나 실력이 늘었나 보자."

오디션이란 말 그대로 가수나 배우 선발을 위한 시험이다.

생뚱맞게도 채나는 관광객들에게 사인을 해주다 말고 홍아영의 노래 실력을 테스트하겠다고 했다.

진정한 가수는 언제 어느 장소에서 든 노래를 불러 관객을 감동시킬 수 있어야 한다.

짱 할아버지가 채나의 달팽이관이 먹먹하도록 외쳤던 소리다.

한국 양궁 대표팀이 지독하게 시끄러운 야구장이나 축구장을 찾아 연습을 하는 것과 같은 맥락이었다.

채나는 홍아영이 대성통곡을 하면서 주저앉았을 때 이미 캔 프로에 캐스팅하기로 결심했다. 한국에서 이곳 LA까지 자신을 찾아 왔다니 그 각오를 충분히 느낄 수 있었다.

단지 기습적인 오디션을 통해 홍아영이 어느 정도 레벨의 가수가 될 수 있을지 살펴보고 싶었다.

…….

웅성거리던 관광객들이 갑자기 입을 닫았다.

홍미진진한 구경거리였다.

파라마운트 영화사 스튜디오에서 세계 톱 가수인 채나가 벌이는 파격적인 오디션.

신기하게도 이 파격적인 오디션에 참가하길 자청하는 사람이 또 있었다.

"저도 오디션을 보게 해주세요, 회장님!"

"저두요!"

채나의 스탭으로 코러스를 맡고 있는 한애숙 합창팀장과 김남주 팀원이었다.

"호오? 한 팀장과 남주도 오디션을 받고 싶다고?"

"네! 제 꿈은 코러스 가수가 아니라 메인 가수입니다. 나이가 많아서 걸리긴 하지만요."

"나이?! 노래를 나이로 부르나? 가수에게 나이는 정말 숫자에 불과해."

채나가 재미있다는 듯 특유의 개구쟁이 미소를 지으며 손을 흔들었다.

"그래! 아영이 혼자라서 심심했는데 아주 잘됐네. 같이 오디션을 봐!"

"고맙습니다, 회장님!"

"열심히 하겠습니다."

메인가수와 코러스 가수의 차이는 주연과 단역이다.

말이 좋아 코러스 가수지 메인 가수들이 공연할 때 뒤에서 코러스를 해주고 일당을 받는 직업이다.

실은 한 팀장이나 박남주가 채나의 합창팀에 들어온 것은 이런 기회를 잡기 위해서였다.

보통 가수가 아니라 천 년에 한 명 날까 말까 한 뮤지션이었다.

현재 지구상에서 가장 잘나가는 연예인이었고.

열심히 쫓아다니다 보면 언젠가 기회가 올 거다.

오늘 블랙엔젤 촬영 장면을 구경하기 위해 채나를 따라 파라마운트 스튜디오에 왔다가 그 기회를 잡았다.

"안녕하세요, 선배님."

이번에는 갑자기 힐이 채나에게 다가가 정중하게 인사를 했다.

"…선배님? 얼굴이 울 엄마 또랜데?"

"아후후후— 너무하세요!"

"헤헤헤, 미안, 미안! 너 우리 학교 다니냐?"

"네에! UCLA 연극영화과 4학년에 재학 중인 에이미 힐입니다. 여기 파라마운트사에서 인턴사원으로 근무하고 있습니다."

힐이 다시 한 번 폴더 인사를 하며 자신을 소개했다.

"그래, 용건은?"

채나가 미소를 지으며 물었고.

"저도 이 자리에서 선배님께 오디션을 받고 싶습니다."

"하아아… 그래? 내 후배인데 어려울 것 없지. 너도 참가해!"

흔쾌히 허락했다.

"오늘 오디션 보는 네 사람은 결과에 관계없이 캔 프로 가수로서 캐스팅하고 앨범을 내주지. 이런 공개석상에서 부끄러워하지 않고 당당하게 오디션에 응할 정도면 가수로서 자격은 충분해."

캬하하하! 짝짝짝!

지켜보던 관광객들이 일제히 환호와 함께 박수를 쳤다.

특히 홍아영네 식구들이 보내는 박수 소리는 파라마운트 스튜디오가 떠나갈 듯했다.

"이제 편안하게 실력 발휘를 해봐. 악기가 없어서 좀 그런데… 뭐 그냥 육성으로 가자구."

채나가 주위를 돌아보며 뭔가 찾았고.

"이건 어때?"

박지은이 자신의 매니저인 노민지에게 하모니카를 받아 채나에게 건네줬다.

"와우! 하모니카? 초미니 오케스트라 좋지!"

하모니카는 공기가 들락날락하면서 울림 판을 떨리게 해 소리를 내는 악기다.

장인이 만드는 바이올린 정도까지는 아니더라도 생각보다 사람 손이 많이 간다.

휴대하기가 편해서 옛날 미국의 초원에서 소를 키우던 카우보이가 많이 들고 다녔다.

컨츄리 웨스턴 음악에서 빠질 수 없는 악기로써 서부영화에 나오는 총잡이들이 연주를 하거나, 배경음악으로 많이 깔려 서부영화의 상징과도 같은 악기다.

한국에서도 포크송이 유행하던 시절 동네 형, 오빠가 통기타와 함께 꽤나 불어댔다.

요즘은 심히 유감스럽게도 지하철이나 길바닥 등지에서 많이 보이고.

엄마인 이경희 교수는 옹알거리는 세 살배기 채나에게 하모니카를 사줬다.

하모니카를 불면 폐활량이 좋아지기에 겸사겸사.

"아영이는 우느라고 목이 갔을 테니까 일단 목 풀 기회를 주마."

"죄송해요, 선생님!"

"아싸! 홍아영 파이팅!"

"가자, 가자! 홍아영."

무서운 가족 홍아영네 식구들이 KK팝 때처럼 본격적인 응원을 시작했고.

뿜뿜… 뿜뿜뿜…….

채나가 하모니카를 천천히 불면서 조율을 했다.

"한 팀장부터 갈까?"

하모니카 한 대와 함께 세계 각국에서 모여든 관광객과 블랙엔젤의 스탭들이 지켜보는 가운데 채나식 오디션이 시작됐다.

그리고 스튜디오 구석구석에서는 색다른 관객들도 지켜보고 있었다.

검은색 양복을 걸친 당당한 체격의 사내들.

하워드 대통령의 특별명령에 의해 채나를 경호하기 위해 파견된 요원들이었다.

재미있게도 미국 중앙 정보국 CIA 작전부, 국내과 경호팀 요원들이었다.

점입가경(漸入佳境)이었다.

*   *   *

"조, 조 상사가 마약판매상이었어?!"

세 개의 별이 새겨진 미 해군 전투모를 쓰고 얼룩무늬 전투복을 걸친 화이트 미국 국방정보국장의 눈이 커졌다.

"옛! 이발사 조가 워싱턴 D.C에서 가장 잘나가는 마약상이었답니다."

허름한 군용 위장복을 걸친 중년 사내가 조심스럽게 대답했다. 중년 사내는 CIA 작전부 요원이었다.

"도저히 믿을 수가 없어. 조 상사는 CIA에서 수십 년 동안 활동해 온 베테랑 요원이야. 베트남에서 사선을 같이 넘은 친구라구!"

"우리 CIA에서 이발사 조를 의심하는 사람은 없습니다. 그저 FBI의 초기 수사에서 밝혀진 내용일 뿐입니다. 하지만 마약단속국 DEA에서 오랫동안 주시해 왔다는 점이 마음에 걸립니다. 놈들은 CIA요원이라는 타이틀이 훌륭한 울타리가 돼줬다고 씨부리더군요."

이발사 조는 화이트 국장이 3성 장군으로 진급되고 미국국방정보국장으로 발령받은 날. 워싱턴 D.C의 골목으로 찾아갔던 예비역 해군상사 중국계 미국인 조웅을 뜻했다.

이발관에서 차이니즈 갱들이 한쪽 팔과 다리를 야전 도끼로 잘라간 그 남자.

"이발관 벽에 써 놓은 '25' 라는 숫자의 뜻도 파악했나?"

"예! 조가 중국 갱들에게 갚지 않은 마약대금 25만 달러의 의미로 추측하고 있더군요. 이발관 의자에서 찾아낸 장부에 기록돼 있었답니다. 물론 FBI 수사관 얘기입니다."

"말이 되는군. 25만 달러를 떼어 먹었다면 팔다리가 아니라 목이라도 잘라갔겠지!"

"몇몇 마약상의 말을 빌면 이발사 조는 마약 대금을 지불할 때 CIA요원이라는 점을 아주 강조했답니다. 국장님과의 친분도 최대한 이용했구요."

"결국 내가 마약 판매를 도와줬다는 말인데… 이발도 마음대로 못하겠군."

"FBI에서 정밀 수사를 하고 있습니다. 조가 자필로 기록한 마약거래 장부까지 나왔으니 곧 조의 범죄 행각이 낱낱이 드러날 것입니다."

"……."

화이트 국장과 중년 사내가 넓다 못해 광활하기까지 한 함상을 천천히 걸어가며 나직하게 대화를 나눴다.

한순간, 중년 사내가 정중하게 허리를 접은 뒤 묵직하게 몸을 돌렸다.

"푸후—"

화이트 국장이 중년 사내의 뒷모습을 물끄러미 쳐다보며 한숨을 길게 내 쉬었고.

"그 성실한 조 상사가 마약장사꾼이었다? 정말 믿지 못하겠어!"

노을이 붉게 타오르는 바다 저편으로 눈을 돌리며 고개를 절레절레 저었다.

더 이상 아름다울 수 없을 것 같은 눈부신 바다.

떠다니는 해군 기지라는 미국 해군의 태평양함대군 제7함대 소속인 항공모함 조지워싱턴호가 그 늠름한 위용을 뽐내며 천천히 항해하고 있었다.

단언컨대 천조국 미국의 해군 전력은 세계 최강이다.

10척의 항공모함과 70여 척의 핵잠수함.

70여 척의 이지스함과 20만여 명의 해병대까지.

전 세계 해군력의 60에서 70%를 차지한다.

거기에 3,700여 대의 항공기까지 합치면 정녕 넘사벽의 전력이었다.

그 초막강 미 해군의 전력 중에서 한 축을 차지하는 조지워싱턴호가 대이라크 작전을 수행하기 위해 중동의 호르무즈 해협으로 선수를 돌렸다.

작전을 직접 지켜보기 위해 화이트 미 국방정보국장이 승선을 했고.

가가가가강!

계속해서 함재기들이 호르무즈 해협 저편을 향해 숨 가쁘게 날아올랐다.

호르무즈 해협은 페르시아 만과 오만 만 사이에 있는 좁은 해협이다.

북쪽에는 이란이 있고 남쪽에는 오만과 아랍 에미리트가

있다.

페르시아 만 근처에 자리 잡고 있는 산유국들에게는 대양으로 통하는 유일한 해로였기에 그 가치가 대단했다.

중동에서 우리나라로 수출되는 원유도 약 80% 이상이 이곳을 지난다.

구구구궁!

그때 미 해군의 주력 함재기인 FA—18 호넷 전투기 한 대가 굉음과 함께 함상에 착륙했다.

그리고 FA—18 전투기에서 양복을 걸친 땅딸보가 내리더니 화이트 국장에게 빠르게 다가왔다.

척!

땅딸보가 사복 군인인 듯 양복을 입었음에도 거수경례를 했다.

땅딸보는 현역 미 해군 원사로서 미국방정보국 E부에 근무하고 있었다.

"뭔가?"

"명령하신 정보에 접근할 수 없었습니다."

"접근할 수 없었다… 이유는?"

"옛! 채나 킴에 관한 일급 정보는 어디에도 없었습니다. 그저 인터넷에 떠도는 일반 대중들이 알고 있는 정보 정도였습니다."

"그래? 누군가 지웠군."

"아주 뛰어난 전문가가 모든 파일을 삭제한 것 같습니다."

"수고했네! 지금 이 시간부로 그 일에서 손을 떼게."

"알겠습니다!"

땅딸보가 다시 거수경례를 하고 돌아서다가 뭔가 생각난 듯 몸을 돌렸다.

"정보에 접근하던 중 CIA에서 전화 한 통을 받았습니다. 더 이상 채나 킴에게 접근하지 말라는 내용이었습니다."

"CIA에서 채나 킴에게 접근하지 말라는 압력이 들어와?!"

"옛! 국장님."

"흐흐훗… 그래! 난 지금 CIA 작전부장이 아니라 미 국방 정보국장이구만. 이미 CIA와 관계가 없지."

화이트 국장이 어이가 없다는 듯 잇새로 쓴웃음을 터뜨렸다.

"아무튼 고생했어. 조심해서 귀대하게!"

"옛! 그만 돌아가겠습니다."

땅딸보가 재차 거수경례를 하고 돌아섰다.

화이트 국장은 이틀이 멀다고 자신을 쫓아와 괴롭히는 채나의 진정한 정체를 알고자 했다. 마경을 익힌 본능이 그렇게 시켰다.

해서 CIA 작전부 국내과 요원들을 시켜 집중 감시케 했다.

하지만 채나의 경호팀장인 모 중사에게 발각돼 실패했다.

이번에는 기가 막히게도 어제까지 화이트 국장이 근무했던 CIA에서 막아섰다.

전직 CIA작전부장이자 현직 국방정보국장의 명령이라는 것을 뻔히 알면서도 압력까지 넣었다.

대통령이 뒤에 있었군!

"……!"

화이트 국장이 이런 생각을 떠올리다가 부르르 몸서리를 쳤다.

대통령이 겁나서가 아니었다.

Hey doctor! 혹시 거기 하얀 가운을 걸친 아저씨? 닥터신가요?

어디선가 채나가 부르는 노랫소리가 들려왔기 때문이다.

함재기의 이착륙을 돕는 흰색 헬멧에 흰색 조끼를 걸친 함상요원의 귀에 꽂은 이어폰에서 새어 나왔다.

'이상한 일이군. 이제 채나 킴 목소리를 들어도 머리가 아파 오지 않아.'

화이트 국장이 얼굴을 찌푸린 채 고개를 갸우뚱했다.

채나는 미국 LA에 있었고, 화이트 국장은 중동에 있었다.

영취공이 통하기에는 거리가 너무 멀었다.

그러나…….

바로 그때, 노란색 헬멧을 쓰고 노란색 조끼를 걸친 채나가 권총을 뽑아 들며 화이트 국장에게 바람처럼 달려왔다.

화이트 국장이 화들짝 놀라며 반사적으로 허리춤으로 손을 가져갔다.

전투복 차림이었기에 허리에 권총을 차고 있었다.

하지만 이미 늦었다.

탕탕!

채나가 먼저 권총을 발사했다.

"크아아악!"

첨벙!

비명과 함께 화이트 국장이 항공모함 갑판에서 바다로 떨어졌다.

"화이트 제독께서 바다에 빠지셨다!"

"빨리 구조대를 불러―"

항공모함 요원들이 뒤집어졌다.

노란색 헬멧과 노란색 조끼를 걸친 사람은 채나가 아니라 이륙하는 함재기에 최종 발함 신호를 보내는 일본계 미국인 여성 발함장교였다.

막 땅딸보가 타고 떠난 FA―18 전투기 조종사에게 발함 신호를 보내고 있는 중이었다.

세계 최강의 미국 해군이 포위하고 있다고 해서.

항공모함 위라고 해서.

바다 한가운데라고 해서.

결코 안전한 장소가 아니었다.

화이트 국장이 이 공황장애에서 벗어나려면 둘 중 하나였다.

화이트 국장이 죽거나 채나가 죽거나.

하지만 채나는 이제 미국 대통령 특별명령에서 의해서 24시간 CIA의 경호까지 받고 있었다.

화이트 국장이 죽을 확률이 훨씬 높았다.

10장

초대권 쟁탈전

애애애앵!

2미터는 족히 될 듯한 RC 비행선이 가벼운 소음을 내며 하늘을 날았다.

흰색 정장에 선글라스를 쓴 김용순이 얼굴의 땀방울을 훔치며 하늘을 쳐다봤다. 정확히 말해 무선으로 조종하는 비행선을 쳐다보고 있었다.

"피휴… 날씨 한번 죽인다. 서울은 지금 봄이라는데 여기는 완전 여름이야."

벌컥벌컥!

김용순이 물병을 들고 물을 들이켰다.

세계적인 이상난동 현상은 미국의 LA도 피해 갈 수 없었다. 1월 말의 오늘 LA의 한낮 기온이 무려 섭씨 30도였다.

우리나라 여름 날씨였다.

하늘은 또 얼마나 맑고 푸른지 새파란 잉크를 뿌린 듯했다.

"째까니 미친년!"

선글라스를 벗고 얼굴을 닦던 김용순의 입에서 갑자기 욕지거리가 튀어나왔다.

얼굴이 크니까 땀도 많이 나네!

이렇게 놀리던 한국에 있는 친구 황인영이 생각났기 때문이다.

"나 얼굴 크는데 보태준 것도 없는 게 정말!"

황인영은 대학 동기로서 김용순과는 반대로 얼굴부터 키까지 모든 게 작아서 별명이 째까니였다.

얼큰이 김용순과 째까니 황인영은 대학 사 년 내내 붙어 다닌 절친이었다.

"어후, 짜증나! 도대체 이건 미국에 오지도 못 할 거면서 웬 초대권을 부쳐달라고 지랄이야."

그랬다.

김용순은 지난 연말부터 상상도 못했던 떼쟁이들에게 시달리고 있었다.

바로 초대권 때문이었다.

이미 정규앨범 발매 기념으로 열리는 채나 월드 투어 콘서트 티켓은 호랑이 담배 피던 시절에 매진됐다.

VVIP석이고 쩌리석이고 할 것 없이 한 장도 남김없이 전 세계에 팔려 나갔다.

현재 인터넷에서 VVIP석 암표 한 장에 한국 돈으로 무려 1,000만 원이 넘게 거래될 정도였다.

초대권이란 말 그대로 공연을 하는 사람들이 가까운 지인들을 무료로 초청하는 티켓이다.

엄청난 돈이 오가는 프로들의 공연에서는 초대권이 남발되면 심각한 문제를 야기하기에 발행할 때 신중한 논의를 거친다. 하지만 이 지구상에서 초대권을 발행하지 않는 공연은 없다.

초등학교에서 열리는 학예회에서도 학생들이 직접 초대권을 그려 학부모들에게 돌린다. 채나의 월드 투어 콘서트 또한 예외는 아니어서 초대권을 발행했다.

3회 공연이 예정돼 있는 LA 콘서트는 VVIP석을 기준으로 모두 500장을 찍어서 공연의 주체인 채나가 300장을 갖고 나머지 200장은 공연 주관사인 AAA가 가져갔다.

티켓이 40만 장이 넘게 팔린 공연에서 초대권을 단 500장만 찍었다는 것은 공연주관사인 AAA가 채나의 콘서트를 얼마만큼 지독하게 관리하는지 능히 짐작이 되는 대목이었다.

어쨌든, 채나는 이 300장 중에서 자신이 필요한 100장을 제외하고 매니저인 방그래에게 50장을 주고 나머지 150장은 캠프로 상무이사 겸 CNA재단 연예부장인 김용순에게 건네줬다.

김용순은 또 직원들과 스태프들에게 일인당 딱 두 장씩을 나눠주고 중요한 거래처들에게 몇 장을 돌린 뒤 나머지를 소중하게 보관하고 있었다.

한데 어느 날 부턴가 한국의 친지들과 친구들에게서 전화와 문자가 폭주하기 시작했다.

"나 울 엄마 아빠 모시고 미국 관광 가거든. 어떻게 채나 언니 콘서트 티켓 좀 구할 수 없을까? 초대권을 주면 감지덕지고!"

이렇게 애교를 떠는 친구들은 귀엽기라도 했다.

"야, 얼크니! 너 출세했다고 쌩까는 거냐? 김채나 씨가 네 친언니라며? 언니가 공연하는데 초대권 한 장 못 구한단 말이야? 이게 구라를 쳐도 분수가 있지!"

"내가 미국을 가든 못 가든 니가 왜 신경 써? 넌 초대권이나 내놔!"

"김용순! 너 많이 컸다. 요즘 잘나간다고 개씹는 거냐?"

"외숙모다, 용순아. 내가 이번에 친구들하고 LA로 여행 가잖니? 니 언니 공연 초대권 다섯 장만 준비해 주련."

초등학교 친구부터 대학동창들, 외숙모부터 수많은 일가 친척들. 협박에 명령에 정신이 하나도 없었다. 심지어 직원들도 슬쩍 슬쩍 부탁을 해왔다.

초대권 부탁이 얼마나 많이 들어오는지 전화 받는 게 겁날 정도였다.

우리나라도 아니고 미국의 LA에서 열리는 공연인데 한국 사람들이 어떻게 오려고 그 난리인지 도대체 이해가 안 됐다.

문제는, 부탁해 오는 모든 사람이 김용순이 거절할 수 없는 사람들이라는 것이 함정이었다.

결국 며칠 전부터 김용순의 휴대폰은 먹통이 됐다.

번호가 바뀐 예쁜 휴대폰을 한 대 더 마련했고.

"LA에서 열리는 공연도 이 정도인데 언니가 한국에서 공연을 하면 어떤 사태가 벌어질까? 진짜 상상하기도 싫다."

김용순이 질렸다는 듯 몸을 부들부들 떨었다.

아직 공연장조차 결정되지 않은 채나의 한국 공연.

벌써 여기저기서 전쟁의 조짐이 보이고 있었다.

바로 그때였다.

하늘 높이 떠올랐던 비행선이 땅바닥에 처박힐 듯 저공비행을 하며 새빨간 레이저광선을 쏟아냈다.

순식간에 거대한 일곱 색깔 무지개가 나타났다.

현대 과학이 탄생시킨 특수조명이었다.

그리고는 비행선이 다시 힘차게 허공으로 떠올랐다.

짝짝짝!

지켜보고 있던 십여 명의 남녀가 가볍게 박수를 쳤다.

"......!"

그제야 김용순이 상념에서 깨어났다.

"어떻습니까? 소음도 심하지 않고 멋있죠, 헌트 부장님?"

작업복을 걸친 히스패닉 사내가 양복을 걸친 흑인 남자에게 물었다.

흑인 남자는 곧바로 백인 여성에게 눈길을 줬고 백인 여성은 김용순에게 미소를 던졌다.

"......."

김용순이 다시 한 번 비행선을 살펴봤다.

"저 비행선을 사용하는데 얼마나 듭니까, 캐롤린?"

김용순이 백인 여성에게 질문을 하자 백인 여성이 흑인 남자에게 질문을 했고 다시 흑인 남자가 히스패닉 사내에게 물었다.

방금 전의 반대 순서였다.

"한 대에 천 달러입니다. 일일 3시간에서 4시간 동안 사용하실 수 있구요. 만약 다섯 대 모두 렌트하셔서 미국 투어 내내 사용하시겠다면 3만 달러에 해드리겠습니다."

마지막에 히스패닉 사내가 대답했고 아까와 똑같은 순서

를 거쳐 김용순에게 대답이 전달됐다.

"3만 달러?! 비행선을 사는 것도 아니고 고작 빌리는데 우리 돈으로 3,600만 원씩이나 해? 장난 아니네."

김용순이 곡예비행을 하며 하늘을 날아다니는 비행선을 쳐다보며 얼굴을 찌푸렸고.

"어떡한다?"

가볍게 한숨을 내 쉬었다.

이런 일도 초대권 문제만큼이나 김용순을 괴롭혔다.

채나의 매니지먼트를 책임진 강 관장은 채나를 대리해서 EMA사와 정규앨범 1, 2집을 계약하고 100억짜리 광명 채나빌을 꿀꺽했다.

그 후 채나에게 캔 프로 연예 부문의 지분을 넘겨주면서 채나와의 관계를 깨끗하게 정리했다.

작별의 선물로 광명 채나빌의 23층부터 25층을 영구 임대해 줬고!

덕분에 채나의 정규앨범 '드라곤'의 발매 기념으로 열리는 이번 월드 투어 콘서트는 채나가 직접 세계적인 공연기획사인 AAA사와 계약을 했다.

물론 채나 혼자 한 것이 아니라 미국의 유명한 법무법인인 AM&F의 대표 변호사인 메어리 기네스가 회계사까지 동원해 장시간 검토 끝에 계약을 체결했다.

장장 30쪽짜리 계약서였다.

알다시피 메어리 변호사는 휠체어 신세를 지던 장애인으로 채나가 기적을 일으켜(?) 걷게 한 채나교의 광신도다.

메어리 변호사가 얼마나 신중을 기해 계약을 했을지 충분히 짐작할 수 있을 것이다.

한데 산쵸라는 이 히스패닉계 특수 조명 업자가 세계 최초로 개발했다면서 비행선을 이용한 특수조명을 들고 쫓아와 채나 콘서트에서 사용해달라고 거래처인 ㈜미러 라이팅에 매달렸다.

산초는 ㈜미러 라이팅과 오랫동안 거래를 해온 하청업자였고 ㈜미러 라이팅은 AAA사가 주최하는 모든 공연의 조명 시설을 담당하는 회사였다.

㈜미러 라이팅은 어쩔 수 없이 AAA사에 부탁을 했다.

AAA사는 자동적으로 캔 프로에 뛰어왔고.

끝내 얼마 전에 부랴부랴 채용된 캔 프로 상무이사인 김용순에게 공이 또 넘어왔다.

세계 최초인지 미국 최초인지는 모르지만 조명의 문외한인 김용순이 보기에도 그럴듯했다. 콘서트 당일 밤에 비행선을 하늘에 띄워 지상을 향해 조명을 쏘면 아주 환상적일 것 같았다.

외계인인 채나와 콘셉트도 아주 잘 맞았고!

단지 공짜가 아니라 수천만 원이나 되는 돈을 지불해야 된다는 점이 지뢰였다.

"오 실장님! 어떻게 할까요?"

김용순이 저편에서 큼직한 가방을 메고 다이어리를 든 채 평소 성품대로 있는 듯, 없는 듯 서 있는 오동광 PD를 불렀다.

오 PD와 김용순은 지난번 쇼케이스 때부터 같이 일을 하면서 꽤나 친해졌다.

잊어버리지 않았겠지만 오 PD는 채나가 DBS에서 캔 프로 공연기획실장으로 스카우트한 직원으로 현재 AAA사에서 연수중이었다.

"밤에 다시 한 번 살펴보시죠. 조명은 어둠 속에서 봐야 그 진가를 확실하게 알 수 있으니까요. 참고로 계약서에 명시된 조명 장치 외에 추가로 조명 장치를 사용할 때 발생하는 비용은 10만 달러 한도까지 AAA사에서 부담하기로 돼 있습니다."

야구 모자를 쓰고 반팔 티셔츠에 청바지를 입은 오 PD가 찬찬하게 대답했다.

"호오, 그래요?"

"예, 상무님! 분명히 계약서에 명시돼 있습니다."

"뭐, 그렇다면 고민할 거 없군요."

김용순이 미소를 지으며 고개를 주억거렸다.

오 PD는 이렇게 현명한 사람이었다.

오늘 벌어질 일들을 이미 예상하고 현장에 나오기 전에 모든 관련 서류를 검토하고 왔던 것이다.

김용순의 눈에는 오 PD가 쌀벌레나 눈사람이 아니라 멜로 드라마의 남자 주인공처럼 보였다.

"미세스 캐롤린! 이따가 밤에 와서 다시 한 번 시험해 보고 결정합시다. 일단 비행선 조명을 회장님 콘서트에 사용하는 데는 기본적으로 동의합니다."

김용순이 절반의 결정을 내렸다.

"땡큐! 감사합니다, 김 상무님!"

김용순의 결정을 캐론린이 다시 흑인 남자에게 전했고 흑인 남자는 또 산쵸에게 전달했다.

산쵸가 오늘 거래를 성사시키기 위해서 배웠는지 한국말로 또렷하게 인사를 했다.

이번에는 순서를 거치지 않고 직접 김용순에게 말했다.

"OK! 오늘 저녁 여덟 시에 이 자리에서 다시 봅시다."

김용순이 밤에 다시 만날 것을 약속했고.

"오 실장님! 언제 시간 있어요?"

곧바로 몸을 돌려 오 PD에게 말을 건넸다.

"오후 6시 이후에는 항상 시간이 있습니다. 전!"

오 PD가 헤벌쭉 웃으며 씩씩하게 대답했다.

"그럼 내일 밤 코리아타운에서 밥 한번 먹죠?"

"알겠습니다. 그, 근데 업무 관계로 먹는 밥인가요, 아님……."

"NO! 제가 오 실장님께 데이트 신청하는 겁니다."

오 PD가 떨리는 듯 말을 더듬었고 김용순이 꺽진 여자답게 단도직입적으로 말했다.

"이, 이런 때는 어떻게 해야 되죠? 상무님 댁이 있는 한국 남해 쪽을 향해 큰절이라도 해야 되나요?"

"무슨 말씀입니까?"

"저는 지금까지 데이트 신청은커녕 데이트라는 말조차 들어보지 못했거든요. 여자랑 밥 먹은 것은 우리 엄마가 처음이자 마지막이었구요."

"큭큭! 여자들이 오 실장님 머리만 봤지 머릿속을 보지 않아서 그래요. 오 실장님은 굉장히 똑똑한 사람입니다. 씩씩하구… 얼굴도 자세히 보면 무척 귀여워요."

"으흐흐, 고맙습니다. 울 엄마한테도 들어보지 못했던 칭찬을 상무님께 듣네요. 실은 제 이상형이 상무님 같은 분이거든요. 제가 작고 내성적이어서 그런지 상무님처럼 키 큰 여자가 좋아요."

"지금 프러포즈하시는 건가요? 오 실장님!"

"그, 그렇게 생각하셔도 무방합니다. 지, 지난번부터 말씀을 드리고 싶었는데 용기가 나질 않아서 망설이고 있었습니다."

"좋아요! 내일 술도 한잔하면서 심각하게 대화를 나눠봅시다. 이라크와 우크라이나 사태부터 세계 평화에 대해 논의도 좀 해보고, 후후후!"

"예예옛!"

이것이 바로 인연이다.

인연이라는 놈은 아주 개구쟁이여서 상상도 못했던 장소에서 예상도 못했던 사람을 만나게 한다.

김용순과 오 PD도 그랬다.

김용순은 경북대학교 재학시절 부총학생회장을 역임했을 만큼 당찬 여자였다. 오 PD는 초등학교 시절부터 열심히 책만 팠던 책벌레였고.

상반된 인생을 살아온 두 사람이 미국하고도 LA에서 눈이 맞을 줄 누가 알았을까?

두두두두—

하늘 위에서 요란한 굉음과 함께 큼직한 헬기 한 대가 출연했다.

CNA라는 이니셜이 선명하게 박혀 있었다.

페이지 회장이 쇼케이스 때 채나에게 선물한 최신형 15인승 헬기 DAS15였다.

"회장님이십니다, 상무님!"

오 PD가 헬기를 쳐다보며 말했다.

"후… 시끄럽다고 헬기 타는 것을 지독하게 싫어하시는데 바쁘시니까 어쩔 수 없이 또 타고 오셨네."

"회장님은 시끄러운 것보다 지루한 것을 더 싫어 하시니까요."

"하긴 그래요. 라스베이거스에서 여기까지 자동차로 네다섯 시간은 족히 걸리니까."

"미국 참 만만찮은 나라입니다. 바로 옆 동네를 가는데 서울에서 부산 가는 시간만큼이나 걸리니 원!"

김용순과 오 PD가 도란도란 얘기를 나누며 헬기 쪽으로 걸어갔다.

미국은 아주 넓은 나라다.

채나의 고향인 LA시가 있는 캘리포니아 주만 해도 우리나라 남북한 합친 면적의 두 배쯤 된다. LA에서 다른 주의 웬만한 도시를 가려면 필히 비행기를 타야 한다.

자동차로 가면 하루 이틀 걸리는 것이 다반사다.

서부 LA와 동부의 뉴욕은 미국 내에 있는 도시면서도 3시간의 시차가 날 정도니 더 이상 무슨 말이 필요하랴!

미국은 러시아, 중국, 호주, 브라질과 함께 꼭 한번 가봐야 하는 나라다.

죽기 전에…….

채나를 태운 헬기가 천천히 버퍼링을 하면서 새파란 잔디밭에 내려앉았다.

바로 그때였다.

카메라를 든 수백여 명의 남녀가 벌 떼처럼 헬기를 향해 몰려갔다.

정확히 헬기에서 내리는 채나에게 달려가고 있었다.

"어후, 많이도 몰려왔군요! 회장님은 영원히 관객 걱정은 안 하시겠네요. 기자들만 모아놓고 공연을 해도 충분하겠어요."

"서울에서 블랙엔젤 제작 발표회가 있을 때도 세계 각국에서 천 명이 넘는 기자가 참석했습니다. 월드 투어를 앞두고 여는 회장님의 첫 번째 공식 기자회견이니 저 정도는 약소하죠."

김용순이 구름처럼 밀려오는 기자들을 바라보며 탄성을 질렀고

오 PD가 미소를 지으며 대꾸했다.

지금 막 채나의 헬기가 착륙한 드넓은 잔디밭.

그 유명한 미식축구 경기장, 로즈 볼 스타디움(ROSE BOWL STADIUM)이었다.

미국 LA 북동쪽 패서디나 산 중턱에 있는 미식축구 경기장으로 무려 10만여 명의 관중을 수용할 수 있는 매머드 경기장.

LA 올림픽과 미국 월드컵 때 주경기장으로 사용했던 이 역

사적인 장소는 아이러니하게도 UCLA 미식 축구팀인 블루인스가 홈구장으로 사용했다.

10만여 명의 관중을 수용할 수 있는 경기장을 일개 대학의 미식축구팀에서 홈구장으로 사용한다는 것은 미국에서 미식축구가 얼마나 인기 있는 스포츠인지 확실하게 보여주는 증거였다.

UCLA가 탄생시킨 세계적인 슈퍼스타! 신이 되어 돌아왔다!
갓 채나! 그대가 있어서 UCLA인이라는 것이 자랑스럽습니다.
UCLA 최고의 총잡이! 이제 노래로써 우주를 정조준하다!
갓 채나께서 납시었다! 100만 UCLA인은 모두 로즈 볼로 모여라!
누가 갓 채나의 고향을 우주라고 말하거든 UCLA라고 정정해 다오.

한데 현재 이 로즈 볼 경기장에는 미식축구 선수들은 간데없고 온통 채나를 응원하는 현수막들과 애드벌룬, 입간판, 벽보 등이 어지럽게 붙어 있었다.

그랬다.

모두들 기억하고 있겠지만 채나는 바로 캘리포니아 로스앤젤레스 대학교, UCLA 연극영화학과 출신이다.

그것도 대학원까지 졸업했다.

앞에서 언급했듯 이 로즈 볼 경기장은 UCLA 미식축구팀의 홈구장으로 채나 또한 이곳에서 목이 터져라 응원을 했다.

그야말로 채나의 홈구장! 본진이었다.

이 경기장에서 채나는 이번 주 금, 토, 일요일 3회를 공연한다. 오래전에 필드 석까지 포함해 한 회 공연당, 13만 5천 장씩 무려 40만 5천 장의 티켓이 매진됐다.

오늘 채나는 이 경기장에서 두 가지 스케줄이 있었다.

첫 번째는 미국, 한국, 중국 등 세계 각국에서 몰려온 오천여 명의 기자와 월드 투어의 출발에 앞서 공식적인 인터뷰를 해야 했다. 두 번째는 공연 시간에 맞춰 스태프들과 리허설을 해야 했고.

해서 채나는 헬기까지 타고 부랴부랴 경기장으로 날아왔던 것이다.

"쟨 진짜 괴상한 고양이야! 어떻게 저런 상황에서 저런 자세로 잠을 잘 수 있지?"

"히히, 주인을 따라 외계에서 온 고양이가 틀림없어요. 다이너마이트가 꽝꽝 터지는 촬영장에서도 콜콜 자니까요."

김용순이 채나 어깨에 빨래처럼 늘어져 잠을 자는 스노우의 모습이 클로즈업된 스크린을 쳐다보며 말했다.

오 PD가 채나의 전직 노예답게 디테일하게 대꾸했다.

현재 로즈 볼 경기장에는 집채만큼이나 큰 십여 개의 스크린이 사방에 붙어 있었다.

곧바로 스크린에 채나가 매니저인 방그래의 손을 잡은 채 모 중사 등 이십여 명의 경호원에게 에워싸여 잔디밭을 걸어오는 장면이 비춰졌다.

육포를 질겅질겅 씹으며!

친할아버지인 김집 교장이 안동 한우 한 마리를 잡아 따뜻한 남해 바닷가에서 달포 동안이나 지켜 서서 정성을 다해 말린 고기였다.

채나가 호호백발이 돼서도 즐겨할 군것질이었다.

두두두두—

헬기가 다시 이륙해 저편 하늘로 사라졌고.

번쩍번쩍! 파파파팟!

카메라 플래시가 정신없이 터졌다.

"채나 킴 양! 오늘 IOC총회 분위기는 어땠습니까?"

"아랍 쪽 IOC위원들이 대거 불참했다는 소식이 있던데 잘 끝났습니까?"

수백여 명의 기자가 채나를 쫓아오며 질문을 던졌다.

"전 IOC총회 장소에 축가를 부르려고 갔어요. 어떻게 회의장 분위기를 알겠어요?"

"인터뷰는 잠시 후에 시작하겠습니다. 질문들을 잠깐 미뤄 주십시오!"

채나가 미소를 띠며 접대용 멘트를 날렸고.

김용순이 재빨리 기자들 사이를 파고들면서 말을 끊었다.

"밖에 웬 난리냐? 헬기에서 내려다보니까 완전 장 섰던데?"

"재미있으시네요, 우리 회장님! 미국 LA 토박이가 한국 남해 해죽포 촌년한테 LA 사정을 물으시는 겁니까, 지금?"

"쳇! 말 되네."

"미국에서 가장 크다는 왕 벼룩시장이 열리고 있답니다."

"미국에서 가장 큰 왕 벼룩시장?!"

채나가 툴툴거렸고 오 PD가 서울 사람이면서도 LA 토박이보다 더 쉽게 대답했다.

"환장한다, 환장해! 내가 한국에 너무 오래있었나 봐. 수십 년 동안이나 애용하던 내 놀이터를 잊고 있었다니?"

이어 채나가 장탄식을 했다.

로즈 볼 플리 마켓(Rose Bowl Flea Market).

아껴 쓰고 나눠 쓰고 바꿔 쓰고 다시 쓰고!

이런 슬로건이 걸린 벼룩시장이었다.

LA 페서디나 로즈 볼 경기장 주차장에서 한 달에 한 번씩 열리는 시장으로 하루 방문객이 무려 2만 명이 넘었다.

고정 부스만 해도 2,500여 개로 세계 최대 규모를 자랑했다. 새벽부터 손님들이 장사진을 쳤기에 왕 벼룩시장으로 불렸다.

특히 앤틱 마켓, 골동품 시장은 월 스트리트 저널이 북미주에서 다섯 손가락 안에 드는 시장이라고 추켜세울 만큼 유명했다.

채나는 어릴 때부터 자주 가서 놀던 시장이었기에 가이드를 해도 될 정도였다.

지금은 까맣게 잊고 있었지만!

"아호! 오늘 기자회견 다했다. 진짜, 진짜 궁금하다. 저 벼룩시장이 어떻게 변했을까?"

"우후후! 큰일 났네."

채나가 힐끔힐끔 경기장 밖으로 눈을 돌렸고, 김용순 등이 재미있다는 듯 미소를 머금었다.

시장을 구경하면서 이것저것 사 먹기.

채나의 역사적인 전통을 자랑하는 취미였다.

케인이 처음 한국의 동대문에 집을 마련해 준 것도 채나의 이 취미를 배려했기 때문이었다.

타탁탁!

채나가 로즈볼 경기장 스코아보드 앞에 자리 잡고 있는 50미터는 족히 될 듯한 T자형 특설 무대로 뛰어 올라갔다.

"어서 오십시오, 회장님!"

"고생하셨습니다, 회장님!"

무대 위에서 악기 등을 세팅하고 있던 기타리스트 함득춘과 박정훈 교수 등 섹션들이 반갑게 맞았다.

"빨랑빨랑 세팅해! 인터뷰가 끝나는 대로 밖에 나가서 벼룩시장을 구경하고 리허설 들어가자구."

"즉시 리허설 들어가는 거 아닙니까, 회장님?"

박정훈 교수가 채나의 마음을 읽고 살짝 초를 쳤다.

"하마 오빠 혼자 열심히 해. 우리는 간만에 시장 구경도 하고 김떡순도 먹고 와서 천천히 할 테니까!"

"호호호! 하하하!"

김떡순은 우리나라 분식점의 삼대 필수 품목인 김밥, 떡볶이, 순대를 말한다.

왕 벼룩시장에는 없는 것이 없어서 한국 사람이 직접 만든 신당동 떡볶이, 충무 김밥, 병천 순대까지 있었다.

채나가 세상에서 가장 많이 알고 있는 것이 노래 제목이다.

그다음은 음식 이름이었고.

"사람이 어떻게 날마다 일만 하나? 휴식도 필요한 거지! 저렇게 꽉 막힌 분한테 음악 배우는 애들은 얼마나 피곤할까?"

"으핫핫핫핫!

"울 회장님, 짱짱짱 걸!"

채나가 박정훈 교수를 쥐어박자 웃음이 터지며 합창단 팀장인 한애숙 등이 마구 찬사를 보냈다.

"에반스 이사님! 뭐하는 거야? 빨리 기자회견 시작하자고!"

채나가 마음이 급한 듯 섹션들과 함께 서 있던 백인 사내,

AAA사의 에반스 이사를 쳐다보며 말했다.

"하하, 그렇게 하시죠."

에반스 이사가 웃으면서 대답했고.

"잠시 후 5분 뒤에 채나 킴 양의 인터뷰를 시작하겠습니다."

채나의 기자회견이 시작됨을 알렸다.

파파파파팟! 번쩍! 번쩍! 번쩍!

에반스 이사의 멘트가 떨어지기 무섭게 기자들이 눌러대는 셔터 소리가 흡사 양철지붕 위에 떨어지는 우박 소리처럼 요란했다.

가히 카메라가 숲을 이루고 기자들이 산을 이루고 있었다.

스탠다드 카메라부터 EMG 카메라 방송용 캠코더 등이 T자 무대의 삼면을 빽빽하게 포위하고 있었고, 그 뒤를 수천 명의 기자가 에워쌌다.

채나가 T자 무대의 맨 앞 앉아 개구쟁이처럼 발을 동동거렸고!

"도끼를 마음대로 휘두르는 그 여자, 그 이름은 김채나! 성난 김채나!"

느닷없이 기자회견 시간을 알리는 신호처럼 채나송이 들려왔다.

분명히 한국어였다.

"치이— 벼룩시장 구경하긴 다 틀렸네!"

채나의 얼굴이 일그러졌다.

정말 틀렸다.

경기장 밖에는 채나의 공연이 나흘 뒤에 시작됨에도 불구하고 어제 밤부터 채나교도들이 스멀스멀 몰려들기 시작했다.

거기에 미국 전역에서 왕 벼룩시장을 구경하기 위해 찾아온 인파까지 합쳐져서 벼룩시장이 아니라 인간 시장이 서고 있었다.

이때 채나가 씩씩하게 경기장 밖으로 나간다면?

백이면 백, 죽음이다.

"뉴욕 타임지 피터입니다."

백발이 성성한 육십 대 백인 사내가 잔잔한 미소를 띠며 입을 열었다.

세계 가요사에 길이 남을 채나의 첫 번째 월드 투어!

그 출발을 알리는 기자회견이 시작됐다.

"통보 받으셨나요? 이번 주 금요일 채나 킴 월드 투어가 시작되는 날을 LA시 당국에서 갓 채나 데이로 정한 거!"

"제가 무슨 위인도 아니고… 몸 둘 바를 모르겠네요."

김채나 생가, 김채나 데이, 김채나 정류장 등등.

지금 LA에서 김채나의 이름은 미국의 초대 대통령인 조지 워싱턴보다 더 유명했다.

"부담 갖지 마세요. 갓 채나가 미국에 와서 활동을 하는 바람에 작년 연말 관광 수입이 재작년에 비해서 대여섯 배나 신장됐답니다. LA는 말할 것도 없고 뉴욕 등지도요."

"헤에! 그럼 다행이네요."

뉴욕 타임지의 피터가 베테랑 기자답게 채나의 마음을 풀어줬다. 지금처럼 수많은 기자가 합동 인터뷰를 할 때는 기자들 나름의 순서가 있다.

유력 일간지나 메이저 방송사의 최고참 기자부터 질문을 시작한다.

"뒷북입니다만 축하 인사를 먼저 드려야겠군요. 채나 킴의 이번 정규 앨범 '드라곤'이 이름처럼 전설의 용이 되어 세계를 날아다니고 있습니다. 빌보드 차트와 UK차트와 오리콘차트 등 전 세계의 모든 음악 순위 차트를 올 킬하고 또 음반 판매가 2억 2,000만 장을 돌파했습니다."

와아아아아! 짝짝짝!

피터 기자의 축하 인사가 끝나기 무섭게 기자들이 엄청난 환호와 박수를 보냈다.

"채나 킴께서 전인미답의 길을 가시면서 세계 가요사를 계속해서 바꿔놓고 계신데 소감이 어떠십니까?"

"아주아주 기분 좋아요. 이번 기회에 '드라곤'을 사랑해주시는 전 세계 팬 여러분들께 고맙다는 말씀… 꼭 전하고 싶어요. 정말 감사합니다."

좀처럼 흥분하지 않는 채나가 얼굴이 빨갛게 변한 채 진정 어린 인사를 했다.

채나가 꼭 하고 싶었던 말이었다.

"재미있게도 '드라곤'의 타이틀곡인 허리케인 블루보다 헤이 닥터의 인기가 훨씬 높은데 작곡가이자 가수로서의 기분은 어떠십니까?"

"아무래도 허리케인 블루에 비해 헤이닥터의 리듬이 단순하거든요. 코믹하기도 하고! 그런 점이 대중들에게 어필하지 않았나 싶네요."

"또 대초원의 별은 디즈니사에서 판타지 애니메이션 영화의 OST로 쓰고 채나 킴을 주연으로 한다는 소문이 있던데 사실인가요?"

"네에! 이번 월드 투어가 끝난 뒤에 크랭크인에 들어가기로 약속했으니 조금은 먼 얘기지요, 뭐."

피터가 대충 질문이 끝난 듯 옆에 앉아 있던 육십 대 할머니 기자를 쳐다봤다.

"USA 투데이의 로라예요. 잠깐 월드투어 얘기로 넘어가 보죠. 어떠신가요? 이번 공연에서도 지난번 쇼케이스 공연 때처럼 구급차들을 대기시켜 놓고 하셔야죠?"

"그 점이 제일 걸립니다. 이번에는 수십만 명의 관중이 오시는데 만에 하나 불상사라도 일어나면……."

미국에서 가장 높은 구독률을 자랑하는 일간 신문인 USA 투데이지의 할머니 기자가 농담처럼 물었고 채나가 심각하게 대답했다.

"AAA사에서 알아서 대처하겠죠. 한데 이번 공연에서는 몇 곡이나 반주 없이 순수 육성으로 불러주실 건가요? 채나 킴 양!"

"글쎄요? 아무래도 제 단독 콘서트니까 서너 곡은 해야 하지 않을까요."

"많은 팬이 아예 무반주 육성으로 만든 음반을 내달라고 조른다면서요?"

"네! 그런 분이 꽤 많아요. 육성으로 들으면 은혜를 더욱 크게 받느니 머리끝부터 발끝까지 정화가 되느니 하시는데 그저 감사할 따름이에요. 제 노래를 그렇게 좋아해 주시니 말이에요."

채나가 아주 찬찬히 대답했다.

세상에서 가장 좋아하는 노래에 관한 얘기였기 때문이었다.

어느새 그렇게 궁금해 하던 벼룩시장도 잊어버리고 있었다.

"며칠 전에 하워드 대통령의 초대를 받으셔서 텍사스 사냥 대회에 다녀오셨지요?"

이번에는 미국의 메이저 방송사인 ABC 기자가 마이크를 잡았다.

대통령의 초대!

기자들이나 호사가들이 아주 좋아하는 화제였다.

채나 팬들도 흥미 있어 하는 화제였고.

채나 혼자만 싫어하는 화제였다.

"아예 텍사스의 멧돼지들을 멸종시키셨다고 하던데 사실입니까?"

"멸종까지는 아니고 한 백여 마리 잡았죠."

"배, 백여 마리요?! 멧돼지를요?"

채나가 태연하게 백여 마리의 멧돼지를 잡았다고 하자 ABC 기자가 당황했다.

미국 중산층들이 가장 좋아하는 취미가 사냥과 낚시다.

당연히 일 년 내내 사냥이나 낚시만을 내보내는 방송국도 있다.

"헤헤헤! 시간만 있으면 말씀처럼 놈들을 멸종시킬 자신이 있습니다. 언제 시간을 내서 텍사스 주민들의 숙원사업을 해결해 주고 와야겠습니다."

"아하하하하하!"

채나가 텍사스의 멧돼지들을 전멸시킬 자신이 있다고 말하자 기자들이 폭소를 터뜨렸다.

이곳에 모인 기자들은 너무 잘 알았다. 지구 최고의 총잡이!

"하워드 대통령님과 독대는 하셨습니까? 주로 어떤 얘기를 나누셨나요?"

이게 바로 ABC 기자 질문의 포인트였다.

"그, 그게……."

"가급적이면 이번 콘서트나 노래에 관해 질문을 해주셨으면 합니다."

채나가 난감해 하자 에반스 이사가 재빨리 브레이크를 걸었다.

"돈 이야기였나요? 예를 들어 스폰서가 돼 달라 뭐 이런 것들 말입니다."

"네! 대통령님이 말씀하시기 전에 제가 먼저 자청했습니다. 아시다시피 저는 모태 공화당원입니다. 당연히 공화당원인 하워드 대통령님을 도와드려야 합니다."

웅성웅성!

갑자기 미국 기자들 쪽이 소란스러워졌다.

미국은 이 년 뒤에 대통령 선거가 있기 때문이었다.

하워드 대통령은 이미 재선의 출사표를 던졌고.

거기에 채나 같은 슈퍼스타가 서포터를 한다면 백만 대군을 얻은 거나 진배없었다.

"CNN의 조나단입니다. 어떻게 로키산맥에 가서 백금광산은 구경하고 오셨나요?"

"전혀요. CNA 골드의 직원들을 보내서 여러 가지를 조사하고 있는 중입니다."

뉴스전문 채널인 CNN의 조나단 기자가 이번에도 채나가 좋아하지 않는 질문을 꺼냈다.

물론 기자들이나 대중들은 초미의 관심사였다.

돈 얘기였다.

"그냥 노래만 불러도 세계 제일 부자가 되실 수 있으실 텐데 채나 킴 할아버님께서 엄청난 유산을 물려주셨어요. 혹시 가수 생활을 접으시고 사업이나 정치만 하실 의향은 없으신지?"

"우우우우우! 웨에에에에!"

조나단 기자가 질문을 위한 질문을 던졌다.

조나단 기자의 질문처럼 생각하는 대중이 많기 때문이었다.

어떤 광신도는 채나가 노래를 그만두면 안 되는 이유 100가지를 적은 장문의 편지를 보냈다. 채나는 '네' 딱 한마디로 답장을 해줬고.

"제 대신 동료 기자 분들이 대답해 드렸네요."

꼬르륵!

그때 채나의 실용신안 특허인 배꼽시계도 명쾌하게 대답했다.

"깔깔깔깔!"

기자들이 뒤집어졌다.

기자들은 채나가 노래를 잘 부르는 만큼 엄청난 대식가라는 것도 잘 알고 있었다.

때지 채나는 점심조차 육포로 때우면서 LA와 샌프란시스코 라스베이거스 등지에서 열린 행사에 참가했다.

배가 등에 붙어 있었다.

예전 같았으면 기자회견 따위는 벌써 때려치웠다.

열심히 일하는 것은 잘 먹고 잘살기 위해서다.

채나가 한 번도 어긴 적이 없는 좌우명이었다.

"배가 너무 고파서 기분이 나빠지기 시작하네요. 밥 먹으면서 하시죠?"

벌떡!

채나가 무대에서 일어났다.

정치가 채나는 확실히 많이 달라져 있었다.

이제 배고픔을 참을 줄도 알았다.

"저희도 밥을 주시는 겁니까?"

"헤헤… 저를 만나고자 아시아에서 유럽에서 아프리카에서 까지 오셨습니다. 당연히 식사 대접을 해드려야지요"

정말이었다.

경기장 한편에 이미 근사한 뷔페가 차려지고 있었다.

"이건 농담인데 혹시라도 기자분 중에서 숙소가 곤란하거나 여비가 여의치 않으신 분은 우리 집으로 오세요. 3박 4일까지는 무료로 숙식을 제공할게요."

"깔깔깔! 호호호!"

채나가 농담이라고 말했지만 절대 농담이 아니었다.

기자들을 끔찍하게 생각했다.

정치가 채나는 현대의 권력이 총구에서 나오는 것이 아니라 펜에서 나온다는 것을 본능적으로 터득하고 있었다.

"지금 채나 킴의 말씀을 들으면서 퍼뜩 생각이 났습니다. 대체 채나 킴의 집에 초대되는 기자들은 어떤 기준입니까? 방송사 기자만 됩니까? 저희 같은 신문사기자는 안되나요?"

"이건 명백한 차별입니다. 어떻게 ABC, CNN, KBC 등 하나같이 얼굴을 비춰주는 TV 방송사 기자들만 초대하시는 거죠? 많이 섭섭합니다."

뉴욕 타임지의 피터 기자가 말을 꺼내기 무섭게 신문사 기자들이 기다렸다는 듯 아우성을 쳤다. 오지랖퍼 채나가 스스로 불러온 결과였다.

"어떻게 하다 보니 그렇게 됐네요. 알겠습니다. 이번 콘서트 끝나면 신문사 기자분들만 따로 초대할게요. 헤헤헤!"

채나가 무안한 듯 얼굴을 붉히며 마구 손을 흔들었다.

신문사 기자들과 방송사 기자들은 가까운 동업자였지만 라이벌이기도 했다.

묘하게도 채나의 말리부 저택에는 TV 방송사 기자들만 들락거렸다.

그 점이 신문사 기자들의 불만을 샀고.

바로 그때였다.

반짝!

채나가 눈살을 찌푸렸다.

기자들이 찍어대는 카메라 플래시 때문이지 햇빛 때문인지 한줄기 빛이 채나 얼굴을 향해 쏟아졌다.

그 빛은 건너편에서 채나를 겨누고 있던 저격용 소총의 총구에서 반사되는 빛이었다. 턱수염이 들고 있는 미국제 저격용 소총인 MCG90의 조준경 안에 채나의 얼굴이 잡혔다.

턱수염이 트리거, 방아쇠에 손가락을 대는 순간 채나가 움직였다.

조준경이 다시 돌아갔다.

채나의 얼굴이 선명하게 들어왔다.

턱수염이 손가락을 움찔할 때 채나가 벌떡 일어섰다.

턱수염이 길게 심호흡을 했다.

마음을 다잡고 재차 자세를 취했다.

채나의 귀여운 얼굴이 환하게 떠올랐다.

트리거를 당기면 안 된다.

가볍게 쥐어야 한다.

턱수염이 마음속으로 이렇게 읊조리며 트리거를 가볍게 쥐었다.

퍽!

그 순간, 누군가 턱수염보다 한발 먼저 트리거를 아주 가볍게 쥐었다.

턱수염의 머리가 잘 익은 수박처럼 산산이 부서졌다.

턱수염이 은신해 있던 맞은편, 정확히 로즈 볼 스타디움 메인 스코어보드 뒤편에서 금발 사내 한 명이 설치해 놓은 고성능 카메라를 재빨리 분리하고 있었다.

오랫동안 카메라를 사용해 왔는지 동작이 기계처럼 빠르고 능숙했다.

멀리서 봤을 때 그렇게 보였다는 말이다.

분리하고 있는 것은 카메라가 아니었다.

망원렌즈가 부착된 러시아제 저격용 소총 드라구노프 업그레이드 버전인 SVDS였다.

금발이 소총을 분해해 배낭에 담아 등에 멨다.

그리고 프레스 카드를 목에 거는 것으로 마무리했다.

유명한 러시아 일간지 프라우다 신문사 기자 신분증이었다.

쓱!

금발이 환하게 웃으며 기자들과 인터뷰를 하는 채나를 쳐다봤다.

팁이다, 갓 채나!

금발이 미소를 지으며 자신의 얼굴을 가볍게 쓰다듬었다.

곧 바로 이십 대 청년으로 변했다.

미안! 네 공연을 보고 싶지만 바빠서 먼저 간다.

러시아에서 날 기다리는 손님이 너무 많아.

나 재벌 됐잖아, 킬킬킬!

변장의 달인, 러시아에서 온 총잡이 블라드미르 코르시키였다.

꼭 나흘 뒤!

채나가 자신의 저격 미수 사건이 있었다는 것을 아는지 모르는지 사건과는 전혀 상관없이 월드 투어를 시작했다.

정녕 무시무시한 월드 투어였다.

진정한 채나 교주의 신위를 전 세계에 알리는 공연이었다.

채나가 무대에 오르자마자 괴성을 지르면서 통곡을 하고 좋내는 거품을 물고 쓰러졌다.

구급차에 실려 가는 집단 패닉 현상이 계속해서 벌어졌다.

심지어 자해까지 하는…….

콘서트 현장이 아니라 전쟁터였다.

덕분에 밀려드는 환자들로 LA의 병원들은 때아닌 성수기(?)를 맞았다.

얼마나 난리법석이었는지 채나가 공연 중단을 심각하게 고려했다.

다음부터 공연을 하지 않고 음반만으로 팬들을 만나겠다는 말을 슬쩍 흘렸다가 걷잡을 수 없이 번지는 광신도들의 폭동에 해명 아닌 해명을 하는 해프닝까지 벌어졌다.

어쨌든, 이제 채나의 월드 투어는 LA에서 미국의 4대 도시 중 하나인 뭐든지 비싼 도시.

SF 샌프란시스코로 옮겨갔다.

『그레이트 원』 10권에 계속…

전혁 新무협 판타지 소설
FANTASTIC ORIENTAL HEROES

왕후장상

『월풍』, 『신궁전설』의 작가 전혁이 전하는
유쾌, 상쾌, 통쾌 스토리, 『왕후장상』!

문서 위조계의 기린아 기무결.
사기 쳐서 잘 먹고 잘살던 그에게 날벼락이 떨어졌다.
바로 녹슨 칼에서 나온 오천만 냥짜리 보물지도!

기무결에게 내려진 숙제,
오천만 냥을 찾아라!

그러나 꼬인 행보 끝 도착한 곳은 동창의 감옥이었으니…….

"으아악! 이게 뭐야!! 무림맹이 왜 여기 있는 거야!"

천하제일거부를 향한 기무결의
끝없는 도전이 시작된다!

Book Publishing CHUNGEORAM

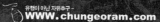

유행이 아닌 자유추구 -
WWW.chungeoram.com

용마검전

FANTASY FRONTIER SPIRIT

김재한 판타지 장편 소설

「폭염의 용제」, 「성운을 먹는 자」의 작가 김재한!
또다시 새로운 신화를 완성하다!

『용마검전』

사악한 용마족의 왕 아테인을 쓰러뜨리고
용마전쟁을 끝낸 용사 아젤!

그러나 그 대가로 받은 것은 죽음에 이르는 저주.
아젤은 저주를 풀기 위해 기나긴 잠에 빠져든다.

그로부터 220년 후……

긴 잠에서 깨어난 아젤이 본 것은
인간과 용마족이 더불어 살아가는 새로운 세상이었다.

Book Publishing CHUNGEORAM

메디컬 환생

유인(流人) 장편 소설

FUSION FANTASTIC STORY

연재 사이트 베스트 1위!
어디에서도 볼 수 없었던 천재 의사가 온다!

『메디컬 환생』

언제나 실패만 거듭해 온 의사 진현,
그런 그에게 찾아온 인연의 끈이 있었으니.

"다시 삶을 살면… 어떤 삶을 살고 싶으신가요?"

다시 한 번 주어진 인생
이번엔 반드시 성공하리라!

Book Publishing CHUNGEORAM

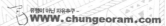

유행이 아닌 자유추구 -
WWW.chungeoram.com